Annie Le Brun

Appel d'Air

換気口

アニー・ル・ブラン著

前之園 望 訳

ÉDITIONS IRÈNE KYÔTO MMXVI

エディション・イレーヌ

カバー装画＝トワイヤン コラージュ集『向かい合って』(Vis-à-vis)より

雲は正確である

二〇年以上前に出版された文章が改めて出版されることは、喜ばしいと言うよりも憂慮すべきことなのかも知れない。実際、ある言葉がその言葉を生んだ時代よりも長く生き残ったことを確認することで、たとえささやかなものであれ満足感を覚えはするものの、その満足感が過ぎ去ると、その言葉を繰り返す必要があるように思われる以上、すぐさまその言葉の能率について自問せざるを得ない。

その言葉の狙っていたものが達成されることがなかったのに、どうして何年も後になってその言葉がその狙いを達成しおおせることがあるのだろうか？　反対に、ある種の時事性が邪魔をしてかえって見えにくくなっていた様々な展望が、時間がたつことではっきりと見えるようになっていたりはしないだろうか？　あるいはまた、ものの見方が変わってしまって、結果的に今日の方が、発言の理由がより明瞭に浮かび上がるということはないだろうか？

どのような身体的な息苦しさを感じてこの「換気口」を書き始めたのかを、時を隔てて振り返らずにいることは、私には難しく思われる。そして、当時ごくわずかの人間しかこの「換気口」の必要性を感じていなかったようだが、彼らはむしろそこに隠喩を見てとる傾向にあった。ただ、あれから多かれ少なかれ静かな大災害が――他にもいくつもあったが、中でもチェルノブイリとフクシマのそれが――あった。その不吉な現実は、私たちを待ち受けている未来をますます予告しているように見える。このような状態で、比喩的な意味と同様に文字通りの意味でも空気が吸えたものではなくなっていることを、誰がまだ疑えるというのだろうか？

さらには、どちらの場合でも、状況の深刻さを隠蔽するという唯一の目的を伝授された策略、工作、圧力、偽造、否認または虚偽等々が絡み合っていることを意識すれば、今日重要なのは、大気同様すっかり汚染されてしまったと考えられる知的・感覚的地平を、あらゆるものを活用して幾分か見晴らしよくしてやることなのではないだろうか？

というのも、これは認めざるを得ないことだが、ここ二〇年の間に物事の秩序に真に逆らうようなものは何も到来しなかったからである。それこそ、社会批判の導き手を自認していたほぼ全ての人間が、自分たちの武器が時代遅れであることに全く気づかなかったのだ。彼らは、好評を博したところで、現在に対しては裏腹にその分わずかな影響力しか持たないであろう自分たちのレトリックの慣習に従う事に専念しすぎて、手札が全く変わってしまっていたことに気づかないままだったのだ。自分たちの「革命的な」作品が、いかにたやすくベストセラー本のひとつとして書店のスーパーマーケット式陳列棚に並んでしまうかを、批判的態度で考察してみようなどとは、彼らは思いつきすらしなかった。

逆に、アンシクロペディ・デ・ニュイザンス出版社[*1]やポール・ジョリオン[*2]のような幾人かの人物の側では、全く別の厳密さで、「滅び行く資本主義」およびそれに伴いつつあるイデオロギーの混乱についての考察が追究された。同時に、そうした現象の結果生じている様々な行詰まり（アポリア）を前に、将来の展望が不在であることから、合理性と急進性とのこの上なく遺憾な混同のために現在に至るまでおろそかにされてきたものと、そしてなによりもあらゆる感性的評価形式とを正確に考察する機運が次第に高まっている。

この観点からすれば、この「換気口」に戻ることは全くの無駄ではないはずである。私はそれを通して風を起こそうと努めながら、文字通りの詩（ポエジー）そのものというよりはその起源たる、そして時に景色全体を燃え立たせることに成功する、抒情的反乱に賭けたのだった。これには危険が伴わないわけではない。

もしもそうして思いもよらぬ現実の一部が輝くところを見ることができれば——人はそれぞれ自分の窓から見えるものあるいは見えないものの強烈さによってのみその光の中にとどまる——それは理論的構築物にとって必ず密かな脅威となる。しかしこれは、眼差しを遠くへ届かせるために今日冒すべき危険なのだ。

狙いを正確にすることに関しては、私はヴィクトル・ユゴーを参照することにしよう。彼は一八六六年―一八六八年の日付のある『大洋』の注でこう言っている。「偶然という言葉には意味が無い。物事の諸作用(アクション)に法則があるように、人間の諸行動(アクション)にも法則がある。雲と呼ばれるもの以外に、偶然と呼ばれるものに似ているものは何もない。そう、雲は正確である。」たとえ人がそのことに関して全く耳を貸そうとしなくとも、雲と同様、夢も正確である。

二〇一一年八月、アニー・ル・ブラン

〔原註〕

＊1 特に、ジェム・サンプラン Jaime Semprun、ルネ・リゼル René Riesel やジャン＝マルク・マンドジオ Jean-Marc Mandosio の活動を通じて。

＊2 Paul Jorion, *Le Capitalisme à l'agonie*, Fayard, 2011.

ジョルジュ・ゴルドファンへ
ラドヴァン・イヴシックへ

［……］臆病者たちは私を絶望させた。いっそ彼らには何も書かないでもらいたい。
その方が、考えを中途半端に私たちに伝えるよりも百倍ました。——サド

もうじき通りには芸術家しか見かけなくなり、
そこにただの人を見つけるのは至難の業となるだろう。——アルチュール・クラヴァン

目次

雲は正確である〈再版序〉——3
Ⅰ——11
Ⅱ——57
Ⅲ——91
抒情的反乱への賭け〈解題にかえて〉 松本完治——141

〔凡例〕

＊ 原註、各章末頁に記載

★ 訳註、本文の後に記載

I

二〇歳の人間の方がいつだって道理をわきまえている。それは、世間に対して生まれつき奇異な存在であることが反抗や非常識な言動の根拠となるように思われる年齢だ。倍の年齢の人間は、この種の言い訳を引っ込める。すると通常の誤解は避けられるが、疑問を感じるたびに毎回苛立たしい質問の扉を開けることになる。すなわち、時間（タン）の影響の話をしているのか、それとも時代（タン）の精神の話をしているのか？　という疑問である。年齢や時代に関係なく、次のことが確認できる以上、おそらくは、そのどちらでもない。すなわち、大半の人間が送りたいと言うような人生、そしてまさに実際に送ってしまうような人生は、人生にはそういう魅力があると思われている数々の魅力――素朴な魅力、恐ろしいほどまでの魅力、あるいはひたすら哲学的な魅力――を備えるには程遠いのである。私は、人生には、そしておそらく彼らの人生にはさらに、自明な事柄など何もないと考える側の人間だ。私は自分の生まれた不幸の原因は偶然にあると思っている。その生に終止符を打つことに関して言えば、それはあまりにしばしば、それまで意味など持っていなかったはずの生に意味を付加することなのである。かくもまずい始まり方をした何かを上手に終わらせることは難しい。だからこそ、わずかしかないものをほとんど無へと還元する上品さを持つ「侮蔑的告白」[★1]を私は好む。一方、大部分の者は、なんでもないものを全てであるかのように私たちに思わせようと努めているのである。

ひとり最も人目につかない場所で、以下の内容に反論して嘘をつくことにならない人間などいるだろうか？ 「私は多くの人々に会ったし、いくつかの国を訪れたし、好きでもないことをあれこれやってみた。私は毎日食事をしたし、何人かの女性にも触れた。今私が覚えているのは、何百かの顔と、ふたつかみっつの素晴らしい光景、そしておそらく二〇冊の本の内容だ。これらの物事のうち、最良のものを覚えたわけでも、最悪のものを覚えたわけでもない。残ったものが残っただけだ」。

いくつかの戦争、性に関する革命、社会の変化、様々な知的動揺があっても、それは何も変わらないだろう。どんな生でも、ヴァレリーが『テスト氏』のために想像したあの明細計算に還元される。たとえ二〇世紀がその発明者となった歴史的恐怖がこの種の単純な計算の実践を著しく妨げたとしても、である。それでもやはり事情は変わらない。どんな悲劇であれ、そのこちら側には「受け容れがたい人間の条件」[★2]が残るのである。西洋的感性が、見ていてこの上なく落胆してしまうなりふり構わぬ人生の賞賛と、惑星の絶滅というこの上なく洗練された夢との間を揺れながら、コンセンサスに達しようとしている瞬間にこのことを思い出させることは、確かに趣味の悪さを示すものだが、私はその趣味の悪さが嫌いではない。というのも、もし良き趣味というものが、現在の文化的マスカレード——そこでは主体の消去が人権宣言の修辞上の記憶と競い合い、「テクスト」の追従者がイメージの荒々しさと音楽の不明確さに怖気づき、さらには無関心の哲学があらゆる放棄を可能にするための最新の知的方便となりつつある——を承認することだとすれば、私は一切趣味を持っておらず、ましてや文化が現実的なものの前に屈することに自らの意味を見出す光景を見て——こんなことは初めてで、文化そのものに背くことなのだが——おとなしく気晴らしを感じる趣味など持ち合わせていないと自負しているからである。

現実と言語の間にあるあの中間地帯（ノーマンズ・ランド）——思考はそのおかげで久しい以前から現実的なものの裏をかき、そして現実的なものが存在全体に及ぼす影響力の裏をかいてきた——に決着をつけるために、芸術家、大学教員、企業家、科学者、営業員そして政治屋たちがこれほどまでに緊密に協力したことは今までなかったのではないかとすら疑ってしまう。制御不可能なその空間では、想像的なものと自由とのつながりが有機的に再創造されるのだが、生きにくさを追い払う最も強烈なチャンスはその空間から私たちに到来したのだし、これからもまだ到来し得る。ポエジーと呼ばれるものには、それ以外に根拠はないのである。ポエジーは閃光を放つ不安定さであり、受け容れがたいものを防ぐ城壁を作ることができることもあれば、またしばしばその流れをそらすこともできる。しかしながら、ポエジーがそうした闇夜の稲妻であることをやめてしまえば、それだけでポエジーは美的虚言の中に据えられた灯りになってしまう。その美的虚言の中では言葉も形式も共に交換可能な文飾として組織化されてしまい、その文飾の唯一の機能は結局のところ気晴らしを与えることに還元されてしまうのである。

こうした例は今日あまりに多いので、熟慮の上で行われているように思われるかも知れない。しかしおそらくそうではなく、むしろ現実的なものへと引きこもるあの大規模な運動の流れを汲まないような身振り、声、手法がますます珍しいものとなっていく兆候なのである。しかしながらこれはかなり不安な兆候であり、私たちは一体いつまでこの世界に同意し続けるのだろうかと考えこんでしまう。そして、あらゆる空間が自分の陣地であると思いあがり、そのとんでもない思いあがりにこれっぽっちの疑念も抱かれたくないらしいこの世界は、私たちの内にある広大無辺な空間を制限する方法を少しずつわがものにしているのである。覚えているだろうか、昨日、今日、たった今、あなたはいくつもの朝をポケット一杯に持っていたのだし、午後にはあなたの絹の道々はのぼり坂になり、見えなくなり、果てしなく広がるのだ。毎日、歴史の遙か遠い羊の群れに再会しないようにと人々は出発する。彼らはそれを雲だと思っている。それでは一体なぜ地平線は想定不可能なものにならなければいけなかったのか？

分かっている、私たちの現実性のとぼしさに関して、あるいは人生が速度を上げて絶望的軌道に合流していくことに関してあれこれ考えることは、ずいぶんと前から問題ではなくなっている。そう、あたかももう勝負はついてしまって、果たされなかった約束の思い出、そして不可能な恋の自己満足的思い出だけが各人に残っているかのように全てが運んでいる。取るに足らないことを包む大層な見てくれが、テスト氏の絶望を思い出すことをまさに禁じているのだ。しかしながらこうしたものが、現在ポエジーを自認するものの枯れることのない源泉なのだ。このポエジーにおいては、無力さという宿命の中により巧妙に引きずり込もうとして、陰気な快楽が不明確さと平凡さの間をよたよたと行ったり来たりしているのである。

期待、欠如、そして断絶といった今の時代の主要テーマとなるべきものが成功を収めた裏には、実は様々な全体主義的イデオロギー及びそれらのニヒリズム的解毒剤ないしは不条理的解毒剤の失敗があった。私たちの機能低下の見世物(スペクタクル)がずっと繰り返されてきたが、それが終わってとうとう舞台背景のスペクタクルが私たちに押し付けられるようになったのだ。私たちは、自分になる以前に実存していることを確信し、環境芸術の中に消滅するのだ。ご覧あれ、あれら場所の小説を、あの確認の絵画を、あの室内装飾家の劇作法を、そして主体が存在しないと胸をはるあのポエジーを。今や私たちは、私たちにとって現実的でありかつ同時に想像的でもある役割を果たすとされている舞台背景の拡大の中にとらえられており、かつてスペクタクルの社会として告発されていたものの薄れつつあるイメージを通すよりもずっと、突如として私たちは私たち自身に対してなじみがなくなってしまったのである。往時は、自分たちの反映でしかないものに還元されてしまっても、自分たちに似ているのだというい くばくかの希望が私たちにはまだあった。今日では、私たちはもういないという噂だ。少なくとも、人は私たちにそう納得させようとしている。

そして面白いことに、数えきれないポストモダンの観察者たちが、彼らの言うことといかんによらず、さっさと感性的領域を考察対象からあえて切り捨てて、それを美学のタブー空間に新たに限定してしまった。あたかも、心酔と流行の下に潜むいわゆる私たちの神話を解読するという社会学の自負が、文化的ヒエラルキーを解消する代わりに補強しているようですらある。というのも、芸術の死を執拗に告げた後で、人々は寄ってたかって、ますます賛成することを楽しんでいるからである。彼らは、あらゆるコントロールを免れることとなったその地帯に、何が私たちを結び付けるのか、あるいは結び付けないのかについて考えをめぐらせないし、そこで話される言語が私たちに関わりがあるのかあるいは私たちを裏切るのかを、そしてとりわけ、その美学上の領域がそうやって漸進的に結晶化することにどういう意義があるのかを知ろうとしない。あらゆるものが文化であるという滑稽な口実のもとで、人がその領域を聖十字架のかけらと同じくらい小さく細切れにするふりをしてみせても、事態は何も変わらない。実際のところ、芸術に満足する方法は見つかっている。なぜなら、モラルは厄介払いされるものだとバンジャマン・コンスタンが指摘していたからである。「愚かな連中は彼らの道徳を、目の細かい不可分な塊につくりあげる。できるだけその道徳の干渉を受けず、一つ一つのこまかい点では自由に振舞うために」[3]。

誰であれ、芸術のあり方が今日これとは異なっていると私に証明できるのであれば、証明してみてほしい。文化という概念が雑巾状態にまで貶められて、貧困極まりない日常の美学の垂れ流し的催し物の数々を、スポンジのように吸い上げるために用いられている有様ではないか。何でも拭えるそうした文化の普及には、ものを考えると主張する人々の属する意図的な閉鎖領域の、様々なエリート的メカニスムを覆い隠す機能もあることを忘れてはいけない。たとえ、成功に近づきたくてうずうずしている彼らのとりまき司祭のうちの何人かが、陸橋や立体交差道路や連絡道路といった巧みなシステムによってその境界線を侵犯しているように見えても、である。これ以上の欺瞞はない。まやかしこそがバリアを張り巡らしたあの芸術のよりどころであり、従って、芸術の名を出しさえすれば全くペナルティ無しに振舞えるのである。そこでの流行——ルールとさえ言えるだろうが——は、言葉の、あるいは形の重さに関して、はたと考え込むことよりはむしろ、定期的に矛盾したことを唱えることである。あえていちいち名前を挙げる気にならないほど、多くの文学・絵画理論がそれぞれ自律的世界の中で構成され、信奉者——でなければ信者——をかかえている。ドイツ・ロマン派に至るまで、文学自身の上で起きている、文学の憂慮すべき収縮の犠牲にならないものはない。この点に関して目を引くのは、ドイツ・ロマン派の近年の「再読者たち」の凶暴な熱意であって、別様の思考法と生き方をするという最も厄介な試みのひとつを「自分自身の理論を生産しつつ生産される文学」[*1]として石化させようと、彼らはその熱意をもって大いに骨を折っている。自分たちで「絶対的文学操作」[*2]と定義するものの中に、彼らはそうやって「文学的絶対」を認めて喜んでいるのだが、このことはただ、文学のこの反芻的新興宗教が達した段階を示すだけである。そこでは「自己における生産の、そしてつまり[……]自己の生産の、自己産出（オートポイエーシス）の真実」[*3]を「文学的なもの」が生産するのである。

　結構なことだ。だが、ある激しい思考が正当化されるのは——たとえそれが理論的な思考であっても——このねじれ（トルシオン）と柔軟曲芸（コントルシオン）あってのことだと私に信じさせようなどとは決してしないで欲しい。まさしく『アテネウム』——一七九八年から一八〇〇年までの間に全景観を一変することに成功したあの雑誌——の若き執筆者たちに従って、私は以下のことに揺るぎない確信を抱いているのである。すなわち、「その人の中では倦怠の称揚が哲学の最初の運動となるような、そんな変わった種類の人間がいる」[*4]のであり、そして「幸運にも、美徳がモラルにほとんど期待しないのと同じくらい、ポエジーは理論にほとんど期待しておらず、そうでなければ、私たちはポエジーからこれっぽっちも詩作品を期待できなくなるだろう」[*5]ということである。

　そこで、今日感性的地平の代役を果たしている思弁的地平を眺めてみると、そこでは生きとし生けるもの全てが居心地悪く感じているが、その理由を知ろうとしても無駄である。まわりに耳を貸さない侮蔑的なある宗教的感情が、あらゆる出口をふさいでいるのである。その宗教的感情は、偶像をひっくり返し舞台背景をはぎ取ってしまう風だけを恐れている。私の言う風とは、もちろんポエジーのことである。補助金を受けたり叙勲されたりする詩人たちのことも、偉大なる文学製造者たちのことも、歯牙にも掛けないポエジー。人生を激変させてしまう——恋人たちはそのことを知っている——ポエジー。シュルレアリスムが自らの唯一の基準とすることを望んだポエジー。今日では、これら宗教的感情とポエジーはそれぞれどうなっているのだろうか？

「勝利を収めた思想はすべて破滅へと向かって急ぐものである」[★4]とアンドレ・ブルトンは一九四二年に書いていた。自らの生成に関するある思想の明敏さに対して、時代がこれ以上の敬意を表することは決してないだろう。今日では、シュルレアリスムは異論の余地なく勝利を収めたと言えるし、その愚行や非常識さ、さらにはそのレッテルの下に滑り込む大小さまざまな裏切りを、人はもう数え上げたりしない。歴史的に確定され終了してしまったものの後継者あるいは古文書保管人になりたくて、人が何か言葉を飲み込むことがあれば、そのことを隠すことすら不可能である。

しかしながら、時間の解決してくれない生存することの困難さを考慮に入れる唯一の大規模な計画であったし今でもそうあり続けるシュルレアリスムは、現行の世界に決して甘んじることのないだろう全ての人々にとって、変わらず重要である。そういう人々は、世間が私たちに信じ込ませようとするよりも大勢いると、私は今でも確信している。たとえ現在は大部分が社会的ゲームで利益を得ることに専心しているように見えても――まだほんの少し前であれば彼らはそのゲームに負けることを誇りとしていたものだった。

　時代や人がそれほど変化したのだろうか？　あるいはこの場合、規格化の影響が宿命のそれに混ざっているのだろうか？　同じ一九四二年の文章で、アンドレ・ブルトンはこうも確認している。「てんでんばらばらな方向で、作られつつあるものは、かつて望まれたものとおよそ似ても似つかぬものである」[★5]。これもまた覚えておくべきことであり、原因と結果のつながりに関して慎重であるように促してくれる。しかし、過ぎ去ったことはしっかりと再検討するべきである。ここ二〇年というもの、華々しい、あるいはひっそりとした辞職を私たちはあまりにも多く見過ぎたので、絶望しないことが正しいと言えるような最も素晴らしい根拠を持っているもの――思想であれ、人物であれ、時代であれ――を私たちは探さずにはいられない。しかしながら、物事の秩序に含まれているものに――シュルレアリスムを対象としたメディア上の矮小化であれ、大学で軽率にも行われているシュルレアリスムの体系的細分化であれ――いつまでもかかずらう必要はない。今や、進行中の勝負の方がはるかに深刻であり、あんなにも多くのものをもたらしたシュルレアリスムが全てを失いかけており、秩序の転覆がとうとう別の順応主義に相当する順応主義を覆い隠す役に立つようになってしまっているのである。

「歴史的シュルレアリスム」と「永続的シュルレアリスム」という教科書的区別は、そのふたつをそれぞれこれからどうするつもりなのか今後一切説明を求めないよう説得するために門外漢の下っ端向けにでっちあげられたものだが、この区別を鵜呑みにすることを拒否する人には、あの攻撃的思考が世界の攻勢にあれ以上抵抗できなかったことを、どう説明するのだろうか？ 世界の攻勢はその思想を破壊すべき力を備えていたのだろうか？ あるいはこれはむしろ、既に何年も前からこの同化プロセスをコントロールしていると主張しつつ促進しにやって来る、その熱狂的な支持者のうちの何人かの仕業なのではないか？ この連中の策略がシュルレアリスム的思想と調和しないことは時と共にますます明らかになってきており、そもそも彼らの長所としては私たちの目の前で変化することくらいしかないのではなかろうか？ 彼らはシュルレアリスムが未完成であることから利益を引き出そうと四苦八苦しているが、その未完成性の本質的特性を明るみに出すことには成功するだろう。彼らはシュルレアリスムという社名を持つ企業の経営者や営業員になろうと一生懸命になっているが、その種の肯定性をわずかでも生産することに対して原則として反対するある思想を文化的価値観へと変形しようとしている自分たちの努力が無駄だということに気づいていない。しかし、シュルレアリスムの獲得したものをそうやって価値あらしめようとすれば、継続的発作であろうとしたものに対して馬鹿げた終わりを押し付けるのは彼らだということに彼らは気づいていないわけではない。

受諾する力とそれに服従することへの拒絶との間の絶え間ない闘争から生じる継続的発作。外部の敵を口実にしても解消されないが、確実なものになりつつあるものに揺さぶりをかけながらひたすら続行される継続的発作。まるでシュルレアリスム的真実など存在しないかのようであり、存在できないかのようだ。あるとしてもせいぜい保持すべき速度で、これが思考のありようを保証しているのだろう。

改めて考えてみなければならないが、物腰の問題は非常に本質的な問題であり、目新しい問題ですらない。「〈詩(ポエジー)〉はもはや行動にリズムをつけるものではないでしょう。詩は先頭に立つものとなるでしょう」★6とランボーは言い放ち、西洋的感性の流れの中に突如として前方と後方を決定した。前方では、ポエジーは世界の歩みについていくことのみに役立つ。そして後方では、ポエジーは透視する意識として、世界との新しい関係性を打ち立てる。現代芸術と呼ばれるものと比較して、シュルレアリスムは様々な異質な要素から成り立っているが、この不均質性はこのこと以外に起源をもたない。ポエジーの中に最も高度な意識を認め、詩的基準を絶対的に行使し、ドイツ・ロマン派があえて足を踏み入れなかった領域の内部においてまでポエジーを参照しつつ、現実的だと思われているものの現実性のとぼしさを暴くために、その同語反復的意図の中で攻撃されているのは現実性の概念自体なのである。そこにこそ、「シュルレアリスム革命」の真の危険があるのだ。

　もっとも、その後現れた様々な前衛運動は、現実性にその支配権を返し、同時に文学や絵画にはその限界を再び設けようと、それぞれ全く異なる方法で皆努めたのだが、彼らは思い違いをしたわけではなかった。なぜなら、現実的「文体（スタイル）」の貧困さを嘆くことだけが問題なのではないのだ——映画とフランス小説に話を限ってみても、その惨憺たる例は日々私たちにもたらされている。人生との関係における一般的芸術のような、ある芸術活動の分離された存在を肯定することと、「デカルトこそがフランスである」と吹聴する態度とは、人が思う程変わらない。根を張るという点からすれば、芸術が耽美主義あるいは形式主義に根を張ることも、ある思想がその土壌に根を張ることも、五十歩百歩である。どちらの場合も、あるがままの世界の秩序に危害を加えようとすることを妨げそして自制するために、そうやって居住地を指定してやるわけだ。そしておそらくそのために、現実主義が今日、かつてないほど地べたをはいずりつつ、忍従の色合いを何ひとつ見落とさないのである。

　この観点から眺めてみれば、最近四〇年の知性および感性の歴史はより筋が通ったものになるし、現実主義の周辺に徐々にできあがっている神聖同盟（ユニオン・サクレ）もそこまで常軌を逸したものではなくなる。シュルレアリスムは、強制収容所の恐怖を後にして、また原子力の恐怖を前にして、みすみす現実的なものの罠にかかることを、そしてそのまことしやかな二者択一の選択を拒んだのだが、第二次世界大戦後、種々の運動体や人々が、シュルレアリスムを起点として、どのような体系的方法で逆説的に自分の位置を定めたかが思い出されすらするだろう。おそらくそうした理由で、その時以来、職業的文学屋および思想屋が、物事をもとの位置に戻そうと努力しているのである。どうやら彼らの努力は、ほぼ成功したようだ。というのも、イヴ・ボヌフォワが——他にも色々いたが、彼はだいぶましである——次のような最新の定義をぶちあげているからだ。「ポエジーとは、私たちを夢から解き放ってくれるものである」[*6]。現実主義的反動——その損害はまだ計り知れない——によって目指されている目標に関して、これ以上はっきり言うのは難しい。

そして、あきれるほど誰もかれもがこぞって文化的生産の場に最果ての消失点の数々を回復させることに専心しているのを見るにつけ、どうして「決定的な夢想家」[★7]——まだ私たちはそうあることをやめてはいない——のために不安にならないというのか？　というのも、ユートピア的で邪魔くさい彼の荷物の数々、度し難い彼の愚直さ、尽きることない彼の欲望と共に、人がひそかに清算しようと躍起になっているのは、彼なのだ。

彼の歩みをとどまらせるためにそここにでっちあげられた、ずらりと並ぶ囲われた土地を眺めさえすれば良い。レジャー空間、ゲーム空間、そしてもちろん何をしてもいい空間、私たちそれぞれの周囲に配置された、出口のない空間のこの連鎖を、人はもう数え上げたりはしない。私たちの内部空間が外在化されつつある真っ最中に、夢想することは、従って、私たちにとって大層良くないことなのだろう。今では日々、人は必ずそう思い返すようになっており、あたかも私たちの遠く離れた距離の感覚を欺くことが絶対的に必要なようである。しかし、徐々に進行するその無感覚の重大さを、私たちはまだ評価することができるのだろうか? 遠くを見ることがないので、目は近くを見ることに慣れてしまっている。残念なことに、これは文学的レベルの問題ではなく、呼吸の問題なのである。私がこれほどまでポエジーの運命に関して不安を覚えているのは、私たちの運命がそれに依存しているからだ。それほどまでに、窒息の危険は深刻なのだ。

　だからお願いだから、至る所で私たちを包囲する偽りの展望を作り上げることに何も嫌悪感を覚えないような芸術家たちの大群の、文体に関して、才能に関して、さらには天才に関して、もう私たちに話さないでもらいたい。何人かの「ぶよぶよの大頭」ども[★8]に関してもう考え違いをしないでもらいたい。彼らの力強い思想は何よりもまずだまし絵なのであり、地平を閉ざす上で時代に最適なのだ。そして、そうした虚構の風景に甘んじない人々が世間から疎まれ、熱狂的と見なされるおそれがあっても、その人たちがこのような文化的調整をあくまでも拒み続けている限りは、問題ないのである。彼らこそが、そして彼らだけが、生命力を大いにぶつけて文体とトレンドをひっくり返し、人々や事物の背後に、非時事的な彼らの展望を見渡すかぎりに開くのである。彼らと芸術家たちの間には共通点など何もないし、そのことを納得してもいい頃だろう。なぜなら、彼らこそが、久しい以前から、まずは物事の秩序に属するものを引きはがし、そしてまだぴくぴくと動めく、未だ形を持たぬものの形を持ち帰るために、遠くから、非常に遠くから戻ってくるのである。理論家の大群が何を主張しようとも、その暴力性なくしてはポエジーはなく、不確定なものを克服するその勝利無くしては、虚空に包まれた存在を虚空からそうやって誘拐することなくしては、言葉にされていないもの――あらゆる物質を問い直させるもの――の、その唐突な具現化なくしては、ポエジーは無いのである。そして、今日繰り返し言われていることとは反対に、言葉にし難いものに実体を与えることでその裏をかくという常軌を逸したこの企ては、イメージと、イメージの矛盾する賭け金とに結び付けられている。

イメージは久しい以前から厳格な神々とその信徒たちに嫌われているが、どうして嫌われないことがあろうか？　イメージはふたつの無限を結び付ける力を、それも束の間の力を、人間のために隠しており、そのふたつの無限の間に沈むことがおそらくはイメージの運命なのだから。とはいえどのようなイメージなのか？　そう疑問に思われよう。まずは、私はこう答えておこう。どのようなイメージでも良いと。というのも、全てのポエジーがイメージを経由するとは到底言えないとしても、視覚的イメージが眼差しを引き留めるためには――詩的イメージが精神を驚嘆させるためにも同様のことが必要だが――存在するものに顔をそむけ、存在しないものをそれに付加することがまず最初に必要なのであり、そのことなしにはポエジーはどのような存在も持たないからである。従って、たとえそれが目にしたイメージによって引き起こされたちょっとしたコース逸脱であれ、あるいは反対に、詩的イメージが誘い込む大々的な遠回りであれ、さらにはそこに取るに足らない散歩と冒険に満ちた旅との違いが認められるとしても、場所を離れるという同一の、そして不意の決断の中に、二種どちらのイメージにも共通する何かが見出されるのである。その何かが大層子供っぽくて、傲慢で、極端で、無一物なので、あらゆる種類のイメージに対立すると思われるものを私は本能的に警戒する。人はそうして私たちの純真さを剥奪しようと努めているのだ、と私には思えてしかたがない。

広告の映像と共に成長し、映画の映像で愛し方を勉強するものと思い込んだ私たちが、リタ・ヘイワースによって演じられたサロメはギュスターヴ・モローのサロメに並びはしなかったとか、ムニエ・チョコレートの壁に文字を書く少女は、ベルメールの『人形』の遠い親戚などではないなどと、どうしてあえて主張するだろうか? あるいはまた、もし生涯にわたって「御者の集い亭(オ・ランデヴー・デ・コシェ)では、食前酒はオレンジ色をしている」[9]のであれば、やはりそこに、天空の美しい屑の間にある、色鮮やかなポスター何枚かのパラソルを認めることになるのだろうか? 「影像(イマージュ)への崇拝を讃えること(私の大きな、私の唯一の、私の最初の情熱)」[10]。ボードレールのこの数単語からなる言葉はそれだけで、現在のイメージ過剰を悪しざまに言う最も説得力ある中傷家たちに私が与することを永遠に妨げるだろう。もちろん、詩的イメージの敵を公言する輩は言うに及ばずで、その嫌悪感は私から見れば隠された宗教的感情をもらすものであり、彼らの信心深さはおそらくテクストの領域に限られるのである。

イメージとは人間的、あまりに人間的なものであり、それがどんなイメージであろうと、詩的あるいは視覚的なものであろうと、人がもはやそれを期待していないところに実体を連れ帰る――その存在を押し付けるためにしばしばその不在を華麗に利用し、現実的なものの重さに、そして現実全体にすら対抗して――ための私たちの唯一の手段であることには変わりがない。これは、しばしばひどくありそうもないものになる（そして、それがポエジーなのだ）ある自由にかかわる問題であり、その自由は私たちに、眩暈がするほど、恐怖すら覚えるほどまでに、私たちの並はずれた感情の果てしなさのほどを見せつけるのである。イメージと縁が切れることは決してないだろう。時の流れを宙吊りにする可能性を自らの内に含まないイメージなどなく、中でも最もうまく行った場合には、誤りの起源という考え方に反して、イメージは時間の中に落ちこむ際の決定的な停止を表す可能性を持つのである。

イメージ停止、とは映画の展開の機械的連続性を中断させるために今日言われている言葉である。残念ながら、あまり上手な表現とは思われていない。というのも、普通はそれで全てが停止してしまうからである。しかし、時間の流れの中で真に停止するには、イメージは、そこに存在しないものを私たちに徐々に見せるようにさせながら、時間の出口にもならなければいけない。イメージの最初の呪いには、最近のイメージの開発の呪いと同様、おそらく他の起源はない。イメージを想像の世界からそらして、闇の中の網のように静かに、あらゆる展望を現実的なものの方へと連れ戻す必要性を、学者たちは新たに理解したのだろうか？ それとも単純に、二〇年代のシュルレアリストたちが夢中になって没頭した「イマージュという麻酔剤」★11に、私たちが知らない間に慣れてしまったのだろうか？

小指の爪の上に乗ったいくつもの庭園、諸大陸の動きを本当にずらしてしまう恋愛の数々、青い猿たちを肩の上に乗せて踊るいくつもの時代、噂でできたクリノリンを着て宙吊りにされた世界たち……目を閉じるだけで、または本を開くだけで、そういったものが見えると私が信じていた時代があった。それは私が、驚異の出現はほとんど瞼の気まぐれにかかっている、と喜んで信じていた時代だ。自分の望むイメージを自分の望む時に次々と繰り広げ続けることが私にはできる、ただそのことだけで、自分が子供の絵本を閉じる決心をしたことは一度もなかったと私は認めることができる。ところが今では、目を閉じる代わりに開くだけで、イメージの波が、しぶきをあげてやってくるのが見えるのである。

びっくりするようなイメージ、恣意的なイメージ、奇妙なイメージ……波しぶきをあげているそうしたイメージは、私たちを大層魅惑した後で、私たちの水平線で死に行かんとしている最中である。それでは、ピエール・ルヴェルディの語った「へだたった二つの現実」★12の接近がもはや必ずしもポエジーを生まなくなって以来、その接近を持たなさそうに見えるものに関しては、そういうものとしてあきらめなければならないのだろうか？　かつて私たちを動転させたイメージが、やすり屑が常に舞い続けている連続した光景の中で消え失せつつあるように見えるが、これは私たちがもはや同じようにはものを見ていないということだろうか？　あるいは、私たちが世界に対して抱いていたイメージが無数に細分化されてしまい、世界が変わってしまったのだろうか？　結局、これらの疑問のどちらであれば、私たちはもうひとつのさらに心乱す疑問を抱かずにすむのだろうか。それは次の疑問である。これからは、私たちをまだ動揺させることのできるものは全て、イメージの彼岸にあるのだろうか？

　これを読んで、自分が強固な精神の持ち主であると思い込んでいる何人かの人々は嬉々とすることだろう。なぜなら、詩的イメージと視覚的イメージを混同する私の軽率さを、彼らは重々しく強調するからである。残念ながら、私にはそれを行うだけの最良の、そして最悪の論拠がある。存在しないものへの欲望という点でそれらのイメージはどちらもほぼ同じだということを私が最初にしつこく強調しておいたのは、今日口実となる機会があるごとにこの二種類のイメージの発揮する否定の力をまさに否定することでそのふたつの違いを忘れさせようとするやり口のずるがしこさを、より一層強調するためだ。とは言え、否定の力はそれぞれ違った方法で発揮されており、単純なイメージとは反対に、詩的イメージは造形的なものであれ言語的なものであれ、それが表すものの中に意味の増加を導入し、人々や事物をそれらの無限の展望へと向かわせるのである。

おお海よ。壺のやうに新鮮な肉體の　房々とした髪の上、
幾千の蜜蜂が羣(むらが)つてまき散らされてゐる[★13]

とはヴァレリーの「夏」である。

夜はまるで仕切り壁のように濃く立ち込めて、[★14]

とボードレールは言っている。その一方で、ジェルマン・ヌーヴォーはこう予告する。

そして女たちはしっかり肉のついた天使になるだろう、
栄養はボクサーの骨髄と軽業師の脳みそから取って、
お互いに馬鹿な話をしながら。

こんな具合だ。ただし、こんな具合というのは、視覚的イメージが確かなものとして押し付け

られないという限りにおいての話だ。久しい以前から言葉を介してなされている埒のあかない問答よりも、視覚的イメージの方が厳格に優れていることになっている。しかし実際は、確信と迷いの間で、明証性と不確定性との間で、獲物と影の間で、この文明はイメージによって言葉がかつてないほど委縮することを目指す選択を行ったのであり、この委縮はイメージを、そして言葉を、さらには私たちの表象する能力を害しているのである。こうして、はっきりとは気づかぬままに、私たちはしだいに世にも疑わしい視覚的充実を好むようになった。さらに、目を引くものに侵略されるがままになることに慣れてしまったせいで、私たちは近視眼になりつつある。距離を取って様子を見ることがますます不可能になり、私たちは記号の気まぐれさにますます敏感になって、視覚的イメージの一択的表層性にこのまま決定的に熱中してしまいそうである。言葉とは反対に、この視覚的イメージは曖昧さを早々に断ち切り、矛盾は黙殺して、言語にとっては脅威となる未分化の過程をまさに自らの存在の中に確立しつつあることが、私たちにはまだ見えているだろうか？

私はここで、見られたものを言われたものに対立させようとしているわけではない。私には、何やら怪しげな表現手段のヒエラルキーを打ち立てる考えは毛頭ない。私は単に、ある言葉の新しい詐欺を告発しようとしているだけであり、その言葉は、そうしたことの余波を受け、そしてイメージの当てにならない確からしさを猿真似するために、イメージが出現することの不確かで矛盾した性質を隠そうと躍起になっているのである。ヌーヴォー・ロマンから、その散文性がたたえられているごく最近の小説風作品に至るまで、現実主義のこうした最新の策略の発展をたどることができる。現実的なものの輪郭に沿って型打ちされた表現が、現実は真実に一致すると私たちに信じさせてしまうほどまでに、問いかけの可能性自体を根絶やしにしているのである。だから と言ってこのことは同時に、真実などない、とあらゆる方法で断言しようと目論むことをいささかも妨げるものではない。これは、嘘などないと私たちに一層しっかりと納得させるためである。あるいはもっと正確に言えば、現実的であることのみが真実であり、真実ではないものは全て疑ってかかるべし、と私たちを説得するためであることは疑うべくもない。

バタイユからブランショにいたるまで逆説的にも最も生産的な絶望のひとつである詩的絶望を培うことになる、あの「ポエジーへの憎悪」が息を吹き返しているのは、おそらくこうした事情からである。もっとも、バタイユにとってこの観念は、文学的態度も真の抒情的飛躍も両方告発することのできる、特に曖昧なものではあるが、それでも話は変わらない。彼の追随者は数えきれないほど多いが、この点に関して言えば、ブランショの追随者と混ざり合う。ブランショの追随者には最近クンデラが仲間入りしたが、彼は深く考えすぎることなく、ポエジーと、固定された美への馬鹿げた意志とをごちゃまぜにしようとしている。固定された美は、名付け得ぬものの見栄えを良くしたりあるいはそれを覆い隠したりするのに役立つことだろう。『生は彼方に』の中で、彼がスターリン主義を「詩人が死刑執行人と共に君臨していた」[★15]時代のものとして想起していることが思い出される。スターリン主義によって虐殺された詩人たちの長々しいリストを、彼は奇妙な手品であっさりと忘れおおせているのである。しかしクンデラは自分が何の話をしているのか一体分かっているのだろうか？　おぞましさを隠すものというこのポエジーの定義は、実際には抒情的転覆の決定的な無理解を隠すものであり、彼によるキッチュの定義にとても近いのだ。「物事を美化する偽りの鏡にじぶんを映し見て、ああ、これこそじぶんだと思って感動し、満足感に浸りたいという欲求のことである」[*7]。しかしながら、疑いもなく時代は再び抒情性に対する嫌悪感の中にある。というのも、存在の凡庸さを朗々と歌い上げるクンデラが、まさしくそれを彼の著作『生は彼方に』の主題にすることを良しとしたのだから。「この小説はいくつかの問いかけに基づいています。たとえば、抒情的な態度とは何か？　抒情的な時代としての青春期とは何か？　抒情主義―革命―青春という三つの結びつきの意味とは何か？　そして詩人であるとはどういうことか？　私は作業仮説として自分のノートに書いた次のような定義とともにこの小説を書いたことを思い出します。『詩人とは、じぶんが入ることができない世界の前に、みずからを見せびらかすよう母親に導かれた若い男のことだ』[*8]」。

しかし、「わたしが住む家、わたしの人生、わたしが書くもの。こうしたものが、岩塩のあの立方体がまぢかから姿を現すように、遠くから姿を現すことをわたしは夢見ている」[★16]というブルトンの告白に対して、どう取り繕ってもみじめとしか言いようのない次のようなコメントをすることしかできない人間から、他に何が期待できるだろうか？「アンドレ・ブルトンは、あらゆる私的なものが公開されるガラスの家をほめそやす。［……］強制収容所（グラーグ）が非難され、別の場所に新しいガラスの家が探されている。［……］全体主義はグラーグではない。それは、横にグラーグが備え付けられた牧歌的なガラスの家なのだ」[＊9]。

そのようなわけで、理由はお分かり頂けるだろうが、私とモーリス・ブランショとの間にはずいぶん隔たりがあるにも関わらず、彼のことをここで同列に並べて語らざるを得ない立場にあることが私には残念でならない。とは言うものの、中性的なものに決定的に魅惑された結果、彼はあらゆる詩的手法の中にそれをあらかじめ無効にするものを探し求めては指摘するようになっている。死を、滅び行くものの昂揚の漠とした中心、暗黒の核となすことで、抒情的侵犯がようやく死に挑みかかるところに、ブランショは言語の幸福な幻影を解体する死の反芻的作業をしか見ようとしない、あるいはそれしか見ることができないのである。欠如を意識するが故に、存在するものをもはや見ようとしなくなる、という同語反復的罠に彼は捉えられてしまったが、イメージの可能性に自分が侮辱されているように思われて、なんとも邪険に、ナンセンスとなることも厭わずに、彼はイメージを攻撃しているのではないだろうか。「ぼくの眼から見て、ぼくが消えさってゆくと見える遠望が、ぼくがいっさいの像を禁じている非現実の眼にたいし、ぼくを完全な像として、ぼくを再興してくれる。ありとあらゆる像の不在のなかにぼくを描き出す、像のない世界に関する完全な像。ひとつの非存在の存在――ぼくは、それが深い調和として現出させる最下級の否認作用であるのだが、そういうひとつの非存在の存在」[*10]。

　考えられざるものへの抜け道を開くことができるイメージというこの強迫観念はブランショのレトリック――このように、隠喩的運動をごくわずかでも認識することのできない悲劇的無力さの中で展開されるように強いられているレトリック――全体の土台となっている。実際、同一者の永遠回帰に全てを賭けた者には、一方から他方への移行も「互いの中に」の遊びも想像ができない。彼が全人生を捧げることになるはずの非隠喩化という御大層な企てをいつでも馬鹿げたものにしてしまいかねない抒情的大騒乱の数々の存在を、彼は絶対的に否定しなければならないので、なおさらである。

　というのも、ブランショは次のように仮定して隠喩的策略の危険性を絶えず告発しているだけではないのだ。「もしも書くと言う行為（エクリチュール）が、人生から関係性の不在を受け取る――人生がそれをエクリチュールから受け取るように――ことに過ぎず、必然的に不安が生じるのであれば、書くことは結局人生と何の関係も無い。関係性の不在とは、そこではエクリチュールがばらばらになりながらもかき集められ、その限りにおいてエクリチュール自体には決して関係づけられることなく、エクリチュール以外の他者に——エクリチュールをぼろぼろにしてしまうか、悪くすれば機能不全に陥らせてしまう他者に——関係づけられるような、そんな関係性の不在である」[*11]。さらに言えば、「全体としての言語、それはあらゆるものの代わりをし、あらゆるものの不在と同時に言語の不在を想定する言語である。こうした根源的な意味で言語は死んだが、それはいかなる特定の死にも満足しない死がわれわれの中に現存することである」[*12]のだとすれば、彼がその体系的非隠喩化という作業を追究するのは、精神と身体との分離に関する、この上なく憂鬱にさせる陰気な快楽を延長させてのことなのだ。妄想にまで押し進められたこの欠如の意識に、人は思わずほとんど感動してしまうだろう。そのような不可能性の感覚が、とある神秘主義にまで行きつかなければの話だが。その神秘主義は自らの名を言わないものの、不可能な現在の最悪の決まり文句に立脚している。「というのも、そこから顔をそむけたときにだけ見ることを許されているものを正面から見るために不可能な動きで振り返った時に私たちが見るはずのもの、実際には常に既に見たことのあるもの、それは——私たちはそれを感性的なもの、あるいは現世の身体と呼べるかも知れない——それはまさに神的なもの、人々がその名によって曖昧に狙ったものである、という予感が、私たちのアプローチの困難さの中にあるからである。そう、これが秘密の全てだ」[*13]。

　何しろ私たちはこんな有様なのだ。ある人々の精神的貧困さに、あるいは別の人々の無力さに、いつまで私たちは脅かされることになるのだろう、と私は考え込んでしまうのである。自分の役に立ちそうもないものを全て体系的に否定するこの「ポエジーへの憎悪」は、人類に対する真の憎悪であるが、いったいいつまで続くのだろうか?

しかし、やってくるものに耳を傾けるために闇の中で人が立ち止まるように、私は立ち止まってみたい。私は、「女の膣を見つめるときのように、途中で立ち止ま[★17]」って——とロートレアモンは言う——みたい。

私は立ち止まってみたい、「確固たる国の中、居住不可能な森の奥、様々な策を講じた結果、空の鳥たちだけが近づくことができたその森の片隅で」、とサドは言う。

私は立ち止まってみたい。「しかしそれは当然——決定的なものではない、そしてUMOUR(ユーモア)は余りに感覚に由来しているので表現するのがとても難しくなってしまう——思うにそれは感覚(サンサシオン)——あやうく意味(サンス)と言うところだった——まあそれもあるのだが——あらゆるものの劇場的無用性(喜び無しの)の感覚だ」とヴァシェは言う。

私は立ち止まってみたい。「それから全身で美しいヒップをくねらせつきだす/肛門のあたりにおできをでかして怖気(おぞけ)をふるうみごとさだ[★18]」とランボーは言う。

最後に、「エクリチュールは全て汚らわしいものだ」とアルトーが怒鳴るのがまだ聞こえてくるよう、私は立ち止まってみたい。彼は、欠如と虚無そして思考することの苦痛について話しながら、自分が何を語っているのかをその身体で知っていた。「私の作品は全てあの虚無の上に、あの殺戮の上に築き上げられたし、これからもそれらの上にしか築き上げられることはないだろう、あの消された火、水晶、虐殺の数々からなる混ざりものは。何もしない、何も言わない、しかし苦しんでいる、絶望している、そして戦っている、そうだ、本当は戦っているのだと思う。その戦いを、評価しようか、批評しようか、正当化しようか？ 否。それに名前を付けようか？ それも否だ、その戦いに名前をつけることは多分、その虚無を殺すことなのだ。しかし何より、命を止めることだ。命は決して止めないものだ」。

これが抒情性なのだ。そして、おそらくは死と対決できる唯一の人間的な力であるこうした不思議なエネルギー――なぜなら、このエネルギーは元来、人間的な力の最大限の高まりを荒々しく知覚することなのだから――に、積極的に敵対するわけではないにせよ、それを軽視することを今日表明している有象無象の話に真剣に注目するのは、それ故に私には不適切に思えるのだ。そもそも、衆目を集める諸精神が、抒情性に対するこの新たな不信感によって打ち負かされてきたように見えるということだけで、私には十分だ。抒情性は第一に、具体的な身体の上に、唯一の――なぜなら死すべきものだから――身体の上に刻み込まれた、時代の最も生々しい意識なので、この不信感は識別の目印にすらなっており、さらに少し不安にさせられるだろう。従って、この滅ぶべき身体を、かの永遠なる「腐ってゆく魔術師」を想起することは、この場合、現在の文化的しきたりに対して大層無礼を働くことになるのだろうか？　そして、もしそうであるのなら、これほど重大なテーマに関して入念に私たちを欺いている全ての人々を、別の見方で見つめる時なのではないだろうか？

しかし私は、気にせず通り過ぎるようせきたてられるのである。危機的状況が進行してずいぶん時間がたってしまった。私の知らないもの全て、私の愛したいもの全て、白い夏の深淵の上に鉋屑のように飛び散るこの人生、そして私に先立って駆け抜ける影法師たち、それらを道端に置き去りにするよう、私は強く勧告されているのである。というのも、どうやら闇の中のそここに——そうだ、万人向けの迷路だ——確かに灯台があるらしいし、それから様々な現実があるからだ。海辺の雨、日曜の夜に車のドアがバタンと閉まる音、冬の寒さ、そして「黒い髪」や「青い目」ですらそうした現実に結び付いている。そう、今日のポエジーはこんなものからできているのだ。人はもはや私たちに、未来という、宗教という、将来の諸世代という死んだ動物の皮の下で、息苦しい思いをさせようとすらしない。無関心という自らの妄想をより一層高めるために、ポストモダンがもはや熱中したり、反抗したりする動機を見出さないと言って得意がっている以上、どうして人がそんなことをしようか。もしも、この冷淡な感覚主義の透明フィルムの下にあるものが、馬鹿馬鹿しい同じ世界――人がハイパーリアリズム的だと言って喜ぶ景色の真ん中に、期待通りの小高い丘がおなじみのいやらしさで現れる――でなければ、私もいつまでもこの態度の滑稽さを強調したりなどはしないのだが。

とくとご覧あれ、全てがここにある。言葉を変えても、犬は相変わらず吠え続ける。文学や人文科学の隠れ蓑の下にはいつも同じがらくたばかりだ。唯一の新しさ――確かに大変なものだが――と言えば、雑踏と孤独、明証性と錯覚、参加と疎外、等々とそれらがらくたを宿命的な相補的組み合わせの中で提示し、それ自身の否定を伴わないような経験はないということを証明しようとしている点だ。とりわけ、人生は別のところにあるなどとは考えようとはしないことだ。あらゆるものがその反対物と共に常に既にここにあるということがよくお分かりだろう。我らがポスト前衛主義の思想家たちは大喜びだ。有無を言わさず、何事においても深刻さが排除される時代なのだ。反抗は流行おくれであり、緊張緩和という馬鹿げた概念は、一時期は政治的スローガンとして幅を利かせていたが、その後、知的品行の唯一の規範となった。扉を閉める音は本当にもう聞こえてこない。このことに関して、私たちは産業的小世界の恩恵にあずかっているわけだが、その小世界は人の求める裏付けを二〇年来次々と与えつつ、次のような議論の余地のない発展に貢献した。今日では扉は自動的に閉まるのである――相変わらず進行中の「堕落と白痴化のシステム」[★19]を壊乱することができるかも知れない精神が本当に目覚める可能性に対して。気づかなかっただろうか。それは変わらない、古びた、昔ながらのシステムである。しかし、記号すなわち物事であり、物事すなわちその物事の否定である、と瞬時に思わせるように、改良されているのだ。

保持され決して解消されずに激しくなった矛盾はこうして物事の状態で硬直し、そのために、じっくりと考える力は進行性麻痺に陥っている。まるで全体主義への嫌悪感はきっと革命家の絶望をもたらすに違いないかのようだ。まるで民主主義の保護はきっと忍従へと行き着くに違いないかのようだ。まるで啓蒙思想の批判はきっと信仰主義への、道徳至上主義への、さらには地方主義、国家主義への後退全てを正当化するに違いないかのようだ。まるで無意識の発見はきっと官僚的心理学者（プシコクラート）たちの君臨を許すに違いないかのようだ。まるで女性の隷属状態に対する闘争はきっと最後には労働と出産の称揚になるに違いないかのようだ。まるで家庭の分裂はきっと愛を愚弄することにつながるに違いないかのようだ。まるで身体の自由はきっと独我論的錯覚の中で開花するに違いないかのようだ。

提起された問題が今日それぞれ朽ちていくこうした引きこもりの過程の例をいくら増やしても無駄だろう。それにしても、知識人たちが間違えることを特技となしたように思われることが何よりの特徴となるような時代に関して私はほとんど幻想を抱いていないとはいえ、現代の精神がこんなにもたやすく彼らの餌食となるなどということが一体どうして起きたのだろうか？ 確かに、大半が意見を変えるつもりで、とりわけ間違え方を変えたのだということを、経験上私たちは知っている。しかしながら、これほどの数の意見の急変が、あまねく優柔不断さに起因するというよりも、ますます理解し難い、でなければますます考え難い状況を前にしての真の敗走に起因していないかどうかは、まだ分からない。

事実、現在まで綿々と続く強制収容所の恐怖の後で、原子力の恐怖という現実は、否定の意味を完全に変更したか、あるいはむしろ悲劇的に明確にしてしまった。人間の中にあって、あの名付け得ぬものの新しさの原因になることのできたものに対してしか、否定はもはや発揮され得ない。

実際のところ、アドルノの今や有名となった次の勧告をどうして無視できようか？「人間は自分たちの思考と行動にあたって、アウシュヴィッツが繰り返されないように、似たようなことが二度と起きないように配慮しなければならない」[*14]。しかし同時に、アウシュヴィッツ後に続いた思考の茫然自失状態の乗り越えをいかにして試みようか？ たとえ今回の絶滅計画は熟慮の上で決定されたものではなく、その致命的な結末に至るまで続く精神異常から生じたものにすぎないとしても、原子力の偶発性のために私たちは再び絶体絶命の窮地に立たされ、思考の茫然自失状態から抜け出すことができなくなっているのだ。私は何も、等価性を持ちえないものの間になんらかの等価性を打ち立てようとしているわけではない。私はただこう言いたいだけだ。収容所の出現とともに人間の意識の中で、言葉のあらゆる意味で、何かが傷ついてしまった。その何かは人間の意識の中に動揺を投げ込み、その動揺が原子力のリアリティをもまた考え得るものにしたのだ、と。強制収容所の皆殺しと核による皆殺しとの間の関係はこのようなものだろう。それは因果関係ではなく、蓋然性によって結び付いているのである。つまり、そのうち一方が起こり得たのであれば、もう一方も全く同様に起こり得るのである。その必然的帰結は以下の通りだが、これは両方にあてはまることである。「哲学、芸術、そして啓蒙的な幾多の学問の伝統のただなかで起きえたということ、それは、こうした伝統が、つまり精神が人間を捉え、変革することができなかったということであるが、実はそれ以上のことを意味しているのである。すなわち、哲学、芸術、そして学問といった個々の枠組みのなかに、つまり、そうしたものが自立した自給自足的なものであるという激しい自負のうちに、実は非‐真理が潜んでいるということである」[*15]。

　文学屋たち、芸術家たちの示す熱意を、決意を、非妥協を踏まえれば、この必然的帰結は不安な光を——認めようではないか——近年の知性の歴史に投げかける。彼らはそうやって四〇年来たいていの場合自分たちの活動の完全なる自律を熱望しており、その活動内に人々や事物を立ち入らせかねないもの全てを否認するまでに至っている。また、この時代が追い払うことのできない不快感をはっきりさせようとしてアドルノが「いっさいの粉飾を外した唯物論的な動機においてのみ道徳は生きのびることができる」[16]と主張しているのに、しかも、ある新たな肉体的定言命令――「肉体的と言ったのは、個人が曝された耐えがたい肉体的苦痛にたいする嫌悪が実践的になったのが、この新しくつけ加わった契機だからである。個人は、たとえ精神的反省形式という個性としては消滅しはじめた後であっても、こうした耐えがたい肉体的苦痛に曝されればそれを感じることには変わりない」[17]――に等しいものを前にしているかも知れないというのに、生きることと考えることとを今なお別々に主張している私たちの支離滅裂な時代の安寧が、こうした様々な考察によってかき乱されないなどということが、どうしてあり得ようか?

私たちがそれを望もうと望むまいと、爾来人間的地平を取り巻く恐怖感というものはいつまでも残る微光をすっきりと消し去るためのものは何も見つからなかったということは、しかしながら議論の余地がない。深い修正は少しもなされなかった展望に対して文化が罠としての自らの役割を全うし続けるだろう間はずっと、過ぎゆく時間が私たちをそのことに慣れさせることに貢献しさえする。こだわるだけの価値がある唯一の芸術的問題がそこにはある。そして、最も欺瞞に満ちたレトリックであることが判明するものをつかまされたくないと誰もが本当に欲しているのなら、なぜ文化人たちの間でその質問がなされることがあり得ないのか? しかしながら文化人の大多数がそのレトリックを保持しようと努力を払い、アウシュヴィッツ以降、「最も平凡な沈黙の中に期待されるあの話す幸せを消滅させることで別様の言語がその上に立ち上がってくるはずの土台を、あらゆる叙述（ナラシオン）が、さらにはあらゆるポエジーが、ひょっとしたら失ってしまったのかも知れない」[*18]と主張するモーリス・ブランショのひそみに倣うのである。

まるで重要なのはある文学的形式の可能性あるいは不可能性であって、どう生きるかを自問することではないかのようだ。まるで重要なのはずっと以前から詩的転覆が見事に無視している「話す幸せ」を参照し続けるか否かであるかのようだ。まるで、意識の断絶を利用して強制収容所の皆殺しと原子力の皆殺しとの間で静かに織りなされ始めた密やかな関係性の種類を、今、ここで、捉えようと努めることは重要ではないかのようだ――その意識の断絶がどこでいつ再び生じうるのか、今日に至るまで私たちは知らないというのに。そして、死からあらゆる個性の痕跡を取り除くことがある時に認められたという事実こそが、私たちにとってますますつかみどころがなくなって行く時代を考察することの増大する困難さの原因ではないのだろうか？

こうして、最も不確かなものが、私たちの唯一の確かなものとなった。軽々しいイメージの輪舞（ロンド）がお互いに似通った瞬間の枯葉を運び去る一方で、まるで消失点をぼかすためのように、季節ごとに言葉の同じ霰が再び降りてくる。そこに最も繊細な瞑想の種を見つける人も何人かはいるかも知れないが、そうすることで彼らが、とある歴史的状況を形而上学的主題へと塗り替えることに成功してしまうと、厄介なことになってしまうだろう。というのも、そこで私たちが奪われてしまうのは単純に私たちの記憶なのであり、まさにその瞬間に、あなたの時間、私の時間、さらには大時計の時間、夢の時間、情熱の時間、潮汐の時間、木々の時間、そうした時間が至る所で脅かされるからである。

　昔のニュースに出てくるささやかな人々が、彼らの時代のフィルムの上に捉えられている間、無邪気に勝利を収めるところを、いつまで私たちは見ることができるのだろうか？　時間の波が彼らの上で再び閉じて彼らを飲み込むところを見ることなしには、彼らの未完成の身振りを心穏やかに見つめることが決してできなかったこの私は、何を言うべきなのだろうか？　時間が即時性に陥っており、あのささやかな人々は、時代から取り残されつつ、もはや彼らの無邪気さを発揮することすらできなくなるだろうことを、私は今日、喜ぶべきなのだろうか？　真っ先に未来が何の苦も無く消え去ってしまった。およそ一〇年前に既に、最も若い人間たちはそのことに気がついていた。しかし、未来がない（ノー・フューチャー）という彼らの叫びに注目しないようにすることに一生懸命なあまり、他の人々は、過去が擦り切れてしまい、現在が怪物じみた偶発性の圧力に屈していることを、見さえしなかった。というのも、絶滅の脅威がひとたび現実として感じられたら、意味ではなくて、もっと深刻なことに、意味という概念そのものが失われ続け、分化不可能な多様性がぽっかりと口を開けるからである。

私は、この世紀末を特徴づけるだろう断片的表現が、全面的崩壊の危機をなぞるようにして、どれほどその危機に対応しているのか、ということのみを指摘したつもりはない。爾来ふわふわと漂っている、あらゆる意味に取れるすべすべとしたものになった記号を前にしての茫然自失状態を通して全面的崩壊を予示しているそうした表現は、その崩壊をほめたたえてすらいる。ファッション、文学、絵画、思想、そして料理にまでも次々と襲い掛かる多様性の賞賛という伝染病が生じて、その潰走に見せかけの理論的正当化を与えに来るほどなのだ。

しかしこの領域において妥協案などどうでもいいのだ。そしてハイデッガーをめぐる最近の騒動はその際立った例であり、ある思想とその思想を否定するとみなされていたはずのものとの共犯関係を理解していないと私たちに言うために、呆けた哲学者たちが登場したのだった。このどたばたから、ほとんど全ての人が思考力を鈍らせる矛盾の中にみすみす捉えられてしまったそのたやすさを、人はとりわけ記憶にとどめるだろう。それは思考することの不可能性ではなく、むしろ存在するものを考察する上での理論的思考の無力さ——なぜなら存在するものの内部で理論的思考が考察されることが不可能であることが明らかになっているので——の兆候である。断片形式へのほとんど全面的な心酔は、そのおびただしい擁護と顕揚を通して、収容所の出現と共にまさしく意味の可能性が失われ始めた状況の延長線上にある状況を強化することに精を出すことになるのではないかと、訝しく思えるほどである。

また、いわゆる理論的なその思考が、その思考自身を徐々に弱らせるものに山ほどの裏付けを与えるのを前にして、どうして私たちはその思考に多大な信用を寄せ続け、その思考を強固なものにしてやらねばならないのだろうか？　何を獲得したが故にその思考は優先されなければならないのだろうか？　どんな策略があって、その思考は鼻高々にあらゆる思想の説明をしたりすることができるのだろうか？　何物にもつなぎとめられることなく他の思考方法からは逃れ去るものの方へと向かうという危険な特権を、ずっと以前からポエジーが持っているということを、私たちは忘れてしまったのだ。各々の人生を周囲からじわりじわりと締め付けてくる不明瞭な横糸を、全てを賭けてほどいてみようと試みる自由は、体系的な要求も個別の要求も気にかけることのないポエジーのみに含まれるものである。

なるほど流行が望むのは、未分化の時間の偽りの明証性を誰かれかまわずにつきつけてくる断片的作品の一群が追い風を受けるために、今述べたことを人が疑わしいと思うこと、それも理論上疑わしいと思うことである。そして文化の有用性は初めて議論の余地のないものとなった。というのも、それはもはや感性的空間の体系的な粉砕を仕上げかつ理論化することにしか役に立たないからである。人間的地平がイメージの厚さとなるのもこれが初めてである。承諾という無関心か、または無関心への承諾か、私たちはここで冗語の鏡合わせの作用——私たちがその人質となった非弁証法的な状況を正確に反映している——の中に、その作用の持つ増大する恐怖の中心にとらわれているのである。

だから全くごく自然に、この体系的な脱構築の作用のただ中で最初の標的となるのは、名付け得ぬものからやってきて、形という回り道を通って人をそこへと連れ戻すポエジーである。予期せぬ、望外の、あるいは想像不可能ですらある形という回り道を通って。そしてこの回り道がありそうもなければないほど、ポエジーはそれだけ強いものになり、深淵の上に自らの透明な、取り乱した観測所を建てる。この意味で、たとえば、その著書『窒息した言葉』で悲嘆にくれているサラ・コフマンが、ロベール・アンテルムの飢餓に関する証言に関して、オヴィディウスが『変身譚』でそのことについて語っていることを「あたかも、最も高次のポエジーだけが唯一『想像不可能なもの』に到達することができるかのように」思い出させるに至って、アウシュヴィッツ以降に発言することの不可能性についての自らの主張と反対のことを彼女が言うのを見るのは感動的である。

したがって、悪を、犯罪を、あるいは物事の力を表象することが慣習的には不可能であるということを認めなかったからこそ、ロートレアモンは、サドは、あるいはペレは偉大なのであり、彼らに至るまでは名付け得ぬものと見なされていたものについて語る視点を、彼らそれぞれが発明したのだった。ロートレアモンが悪の計り知れないほどのスケールの大きさを決定したのは、「無限への癒しがたい渇き」[20]に形を与えながらのことではなかったか？　サドが時代遅れのものの中に至るまで犯罪の概念を明確化したのは、欲望の闇に形を与えながらのことではなかったか？バンジャマン・ペレが物事の重さの裏をかいたのは、「精緻鋭敏なるものの上昇」[21]に形を与えながらのことではなかったか？

もしポエジーが「どこかへたどり着か」[22]なければならないのであれば、私たちを私たちには見ることのできないものの方へと連れて行くこと以外にポエジーに意味はない。かつては《吸血鬼ノスフェラトゥ》のスクリーン上に「彼が橋を渡ると、幽霊たちが彼を迎えに来た」と字幕が出たものだ。ずいぶんと以前から、誰も気にも留めないまま、橋を渡るのは幽霊たちになっている。これはつまり、私たちが橋を越えるのを妨げるためなのだろうか？

I〔原註〕

＊1 Ph. Lacoue-Labarthe et J.-L. Nancy, *L'Absolu littéraire*, Paris, Le Seuil, 1978, p.22.

＊2 *Ibid.*, p.22.

＊3 *Ibid.*, p.21.

＊4 *Athenaeum*, bei Friedrich Vieweg dem älteren, Berlin, 1798, vol. I, 2, p.191.

＊5 *Ibid.*, p.180.

＊6 これは一九八七年九月一一日の『ヌーヴェル・オプセルヴァトゥール』誌に寄せられたインタヴューのタイトルでもある。これを、短くまとめ過ぎだと残念に思うような読者は純粋すぎるだろう。イヴ・ボヌフォワは精神分析に、その反動の奇妙な、彼にとっては大変好都合な、理論的理由を見出しすらしている。「人生の持つ基本的なもの、普遍的なものへのこの回帰はなぜか？ 一方ではおそらく、想像の世界の構造物の中に、言葉の表面上の奇抜さの下に隠れた非常にありふれた欲望の影響を見ることを、精神分析が私たちに教えてくれたからであり、そのせいで私たちはそれら構造物への興味を失っており、明証性の領域が再び開かれているのである。そしてそれはこの場合、フロイト学派の現代社会への真の肯定的貢献だろう。すなわち、神経症を鎮めたり、謎を解読したりする以上に、私たちをむなしい夢から解き放ちつつ、私たちにポエジーを行う覚悟をさせるのである」。誰がそれを信じただろうか？

＊7 Milan Kundera, *L'Art du roman*, Paris, Gallimard, 1986, p.164.［ミラン・クンデラ『小説の技法』西永良成訳、岩波書店、岩波文庫、一八五頁。］

＊8 *Ibid.*, p.49.［同書、五〇頁。］

＊9 *L'Express*,（一九八〇年六月二一日）。

＊10 Maurice Blanchot, *Thomas l'obscure*, Paris, Gallimard, 1950, p.126.［モーリス・ブランショ『謎の男トマ』菅野昭正訳、『現代フランス文学一三人集第四巻』、一九六六、一二四―一二五頁。］

＊11 Maurice Blanchot, *L'Amitié*, Paris, Gallimard, 1971, p.308.

＊12 Maurice Blanchot, *La part du feu*, Paris, Gallimard, 1949, p.308.［モーリス・ブランショ「パスカルの手」、『焔の文学［完本］』重信常喜、橋口守人訳、紀伊國屋書店、一九九七、三三一―三三三頁。］

＊13 Maurice Blanchot, *L'Entretien infini*, Gallimard, Paris, 1969, p.52.

＊14 Theodor W. Adorno, *Dialectique negative*, Paris, Payot, 1978, p.286.［テオドール・W・アドルノ『否定弁証法』三島憲一訳、

作品社、一九九六、四四五頁。〕

*15 *Ibid.*, p.287.〔同書、四四七頁。〕

*16 *Ibid.*, p.286.〔同書、四四五頁。〕

*17 *Ibid.*〔同。〕

*18 Maurice Blanchot, *Après coup, précédé par Le Ressassement éternel*, Paris, Édition de Minuit, 1983, p.98.

Ⅱ

「大部分の作家たちが現在以上のものになるために欠けているのは、才気（エスプリ）ではなく気骨（カラクテール）である。世俗性（モンダニテ）こそが彼らの弱さの源なのだ」[★23]。ルートヴィヒ・ベルネのこの奇妙な観察報告は、フロイトによって再び取り上げられているとは言え、空文のままであった。それは、この同じ人物による自動記述の喚起と同様である。彼は「三日間で独創的著作家となる方法」と題された論説の中で自動記述を引き合いに出しているのだ。「まず二、三帖の紙をとって、三日のあいだ続けざまに、嘘や気取りを交えずに諸君の頭の中に浮んでくることを全部、何から何まで書き続けるがよい。諸君が自分自身について考えていること、諸君の女たちのこと、トルコ戦争、ゲーテ、フォンクの犯行経過、最後の審判、諸君の上役、こういうことを書くがいい――そうすれば三日後には、諸君は新しい、思いもよらなかった思想を持つようになったおどろきのあまりに、すっかり我を忘れてしまうだろう。これこそが、三日間に独創的な著作家になるための技術なのである！」[*1]

　ベルネがここで語っている世俗性とは、当然のことながら、表面上のことに対してあらゆる表面上の批判をおこなう口実となる社交界気質（パリジャニスム）の等価物という意味よりは、世界（モンド）の圧力という普遍的な意味にとらえられるべきなのだが、人目に触れてこなかったこのふたつの引用から、「気骨」と自動記述の実践との間には予想外の関係がある、と推論するべきなのだろうか？ 少なくともこの問いは問われるだけの価値はある。というのも、今や二世紀と少し前のこととなったが、シャンフォールが次のように述べて、答えの概略を示すために必要なものを既に私たちに与えてくれていたのだから。「ペテン師になりたくないときは、演芸台を避けなければならない。なぜなら、もしそれに上がれば、ペテン師になることを強いられるし、そうしなければ観衆はあなたに石をぶつけるのだ」。発された問いを勘案し、別の言い方をすれば、ベルネの告発する世俗性は、文化的ゲーム——オートマティスムがまさしくそれを窮地に陥れるのだが——を強制すると言えるだろう。勝負が行われるのは決まって、「上手く言う」と「余すとこなく言う」との対決において、あるいは作品を生産したいという欲望と私たちにつきまとうものを良く調べる必要性との間の対立においてである。そして、もしこのジレンマが必ずしも毎回これらの用語で表現されないとしても、このように措定されることで、「気骨」を欠くが故に大部分の人間が今日同意のもとで選択したものを、そのジレンマは象徴的方法で明らかにするのである。

実際、この点に関して例外となるだろう芸術家あるいは著名知識人は誰なのか、追求しなければならないだろう。なぜならほとんど全員が、否定を行使することと自分自身で矛盾することとを混同するまでになっているからである。しかし大したことは何もしなかったし約束もしなかったのに、彼らが何を私たちに期待させておくことができたというのだろうか？ 時がたつにつれて、減りゆく手持ちの手段の枠内に収まるように、多少なりともお上品な割合を守って、それぞれが仕事をした。従って、私たちが自分に責任はないと思いたい状況の責任を彼らに押し付けるのは、無益なことにすらなっている。「ものごとを考えるという恥ずべき臆病さがわれわれすべてを抑制する」[★24]ともベルネは言い、こう付け足す。「政府の検閲にもまして弾圧的なのは、われわれの精神の営みに対して世論が加える検閲である」[★25]。それでは、なぜ釈明を求めたくなるのだろうか？ 意識が薄れるか途切れるかする前に、記憶が、私たちがなんとしてでも追い払いたい厄介な記憶が現れることを、まるで私が、あなた方が、知らないかのようだ。そして、あの微妙な操作を実行するための芸術家たちがいることも、さらには、その芸術家たちに与えられる栄光に至るまで知らないかのようだ。私たちを最も脅かすものを私たちに忘れさせてくれる才能が優れていればいるほど、彼らの栄光はその分一層輝かしいものとなるのが常である。彼らと時間とに助けられて、どうして私たちは、自分たちが忘却しているということを忘れずにいられるだろうか？

ただし、現在では、この実証済みの芸術上の電波妨害技術だけではもう不十分なようである。至る所から船内に浸水していると考えられる理由が、次から次へと山積みになっているのである。

そして、支離滅裂があまねく広がる真ん中で、突如として意味が求められるのだ。雑多な価値観のかたまりが棒状にされ何本もの延べ棒となり、堅固で、精神のあらゆる活動を長い間打ち据えることができるようになる。それが家族、人種、宗教、祖国であり、人道主義ですらそうなのだ。この人道主義は突如として様々な未開民族や第三世界に対して巧妙に振りかざされており、その巧妙さは、軍と教会との昔の結び付きのそれを想い起さずにはいられない。しかし、頭の切れる人々にとっては、当然ながら他の現れ方をすることもある。つまり、コンセンサスを得た耽美主義が、最も心地よい快楽主義のひとつとなってゆく世界が承諾される、という福音を告げながら、断片化され、かけらとなり、さらには微粒子にすらなって四散する意味のことを言っているのだ。そして、高級品も大衆消費製品も関係なく、鉛何キロ単位で、あるいは曖昧さ何キロ単位で、意味が突然私たちの生活の上に再びのしかかってくるのだ。

しかし、どんな意味が？　なぜ突然意味が存在しなければならなくなるのだろうか？　なぜひとつの、ましてや複数の意味が存在しなければならなくなるのだろうか？　意味（サンス）とは決して一定の、あるいは取り戻すべき意味作用（シニフィカシオン）ではない。失われた、散り散りになった、あるいは拡散された意味などないのだ。意味への「回帰」というあの新しい要求は私たちにそう納得させようとしているが、それが引き合いに出す先端部は実は歴史を否定するものである。というのも、意味へと、そうでなければそれ自身に閉じた意味作用へと、人は回帰しないからである。方向付けを行い、道を進む途上で、意味作用というより道のりとして姿を現すものへと、人は回帰しない。人は可能性へとは回帰しないし、硬直化さえしなければ、意味とは新しい感性的展望の可能性以外のものでは決してない。

それはそれとして、なぜありもしない存在理由を見出してやることでこの世界を救済することが突如必要になるのか、私には分からない。サドもロートレアモンも、さらにはボードレールもスウィフトも、私たちの条件に――彼らはそれを呪うことでしか耐え忍ぶことができなかった、彼らはそれを否定することでしか思い描くことができなかった――魅力などほとんどないということを、私たちに十分に納得させはしなかったか？ 私としては、ある時期にサドの次の疑問に共感を覚えていたことを認めないわけにはいかないだろう。「戦争や宗教上の虐殺の際には五千万以上の人命が失われたと見積もられている。その消失のうちの唯一つでも一羽の小鳥の血ほどの価値あるものがあるのだろうか？」そして、サドが人間のいない世界というものを初めて考えてから二世紀たつというのに、今日の精神がその偶発性を一度も考えたことがなかったことを、私は嘆かわしく思うだろう。

大衆にもあらゆる立場のお偉方や空論家にもひいきにされないこの種の夢想を擁護しながら私は生きていくとしよう。人生が私たち各人のために取っておく個別の悲劇とは無関係に、人間的絶望の全ては、存在するもののスキャンダラスなまでに無垢な姿を出現させるために自らは姿を消すというあの賭けの中に刻み込まれている。同じ流儀で、「第四歌を始めようとしているのは、人間、あるいは石、あるいは木だ」[★26]とロートレアモンは言い、他者になりたいという果てしない欲望以外に人間に何も残されていない時にまさにポエジーの生まれる発端となる、非人間的なものに混ざるというあの誘惑をあらわにする。私たちの中に潜む、そして人類を脅かすように思われるものに私たちを密かに結び付けている荒廃の感覚（サンス）のなんたるかを知らずにいるには、冬の夜に、鉛色に広がる予想だにしなかった干潮の反映しかパリの通りに見られなくなってしまうほど生命の気配が引くところを決して見たことがあってはならないし、また別の日に、容赦ない日差しの数学によってそれらの通りから日陰が突然なくなってしまっても、あらゆる可能事が潮のように引いていくのを決して感じたことがあってはならない。地震や火山は私たちが主張するほど私たちと無関係ではない。人間の奥底にある破局の感情は、非常に広範囲に広がる様々な欲動の反響のようにしつこくつきまとい、私たちはその力強さに気づいてしばしば茫然としてしまうのだが、その起源を私たちは思い出すことができない。ひょっとしたら私たちは、私たちの外部や内部に亀裂が生じることで明らかになる内的な噴火のリズムに合わせて生きているのかも知れない。

　それは、存在しないと私たちが思い込んでいるものに私たちを結び付ける、ほとんど感知不可能で、ほとんど消えかけた、ほとんど聞き取れない記号なのかも知れない。しかしまた、今から二〇年程前に告げられた人間の死の観念を――その死の宣告は、人が言語の諸構造を盾にとりその構造の解読格子を世界に押し付けることは厳密には妨げなかった——内側から壊滅させる記号でもある。そして、現在「意味」を要求する大半の人間が構造主義ばかりを非難することに、私は大層驚いてしまう。というのも、その言説とは裏腹に、意味のありとあらゆる表れ方のもとで暴かれるべき機能性が、まさしく意味となって以来、構造主義は意味を生み出した、いやむしろ意味を生み出すことしかしなかった——それも冗長な方法で——からである。それは、あらゆる抜け道をふさぎ、そして同時にあらゆる振る舞いを多様性という錯覚の中に分散させる、最終的な意味作用としての意味だ。

従って、自分の物差しで全てを測るという西洋人のうぬぼれは再検討に付されず、その代わりに、矛盾した結果ではあるが、その後に続く主体消失のレトリックが、あらゆる物事に適用可能な方法を用いて、それまで思いもよらなかった人間中心主義を設置したのだった。人間の存在感を暴走気味に拡散させるこうした計画が「世界の原子力化」の過程と足並みを一つにしていなかっただろうかと自問することを妨げるものは何もない。あるいはまた、この知的強権発動は、原子力の専有と共に可能となった、人々や事物の崩壊を、その真似はしつつ考えないようにするための罠として機能しはしなかったかと自問することを。最後に、サドがほのめかしているように、「原因はおそらく結果に関係がない」という理由から、また別の次の問いかけをしなければ、私は後悔することになるだろう。人ようやくその様々な秩序と無限の洗練とを理解し始めた世界の構造に、むしろ言語の方が従うだろうに、言語として構成された世界というものを支障なく構想することなど出来るのだろうか？

無邪気でばかげた疑問だろうか？　いくつもの似たような解釈——その内容如何に関わらず、その還元的性質が本質的に際立つ解釈——の客観的野心に結び付く粗暴さという問題をとりあげないことに関心のある全ての人にとっては、確かにそうだろう。構造主義者たちの、そして脱構築主義者たちの行為となるであろう粗暴さ、人文科学において、また知的活動や芸術的活動の領域——人文科学はそこに乗り込みそれをコントロールすることにもはやいかなるためらいもない——において猛威をふるい続けている粗暴さである。そんな風にして、非常に単純に、人は言語からその感性的うるおいを奪い、そして作品に先立つ理論的言説によって丸ごと生み出された文学作品を私たちに享受させるようになってしまった。もしも、同一原理に従順で、同一のもののトートロジックな反復を通して生成を押しつぶすことにのみ適した批判的思考を、客観性を備えたあの威圧によって、人がそうやってせっせとこしらえることがなければ、結果の品質およびそれらの魅力の乏しさから見て、そのこと自体はほとんど不安を与えないのだろうが。しかし、以前は考えずにすませることができると信じられていた時間的次元の発見に伴い、物理学においては既に不可逆性の概念は不可欠なものとなった。人文科学の、そしてそれが管理する全てのもののこの許しがたい「遅れ」は、なおざりにされているどころではない。それは、生きているものから人文科学をますます隔離して維持しつつ、新しい粗暴さ――時間と衝突し、時間を否定したがっている、この時代の思考をまんまと歪めている粗暴さ――を補強し、その思考が感性的な生に抗ってますます暴力的に発揮されるよう強制していて、私たちの地平にはその感性的な生の否認が危険なほど積み重なっているのである。

科学や科学的精神に対して今日ある種の人々が努めて行う馬鹿げた批判にも、その粗暴さの刻印がたやすく認められるだろう。それでもなお、そしてハイデッガーの想起する「救済の無い」世界――「神性に至る痕跡としての聖なるもの（das Heilige）が失われて行くだけではなく、この失われた痕跡に至る諸々の跡までもがほとんど抹消されてしまう」[*2]事態を引き起こす技術的支配の結果である世界――が大層胡散臭い形而上学的な色合いをしていてもなお、彼らにとっては、技術に関するハイデッガーの様々な主題を繰り返すだけで事足りてしまうのだ。そして、事足りるあまりに、ハイデッガー以降「科学は思考しない」と誰もが次第に繰り返すようになるが、たとえそれがナチズムの理論的保証として利用されることを拒否するために過ぎなくても――フライブルクの思想家はそうでなかったようだが――多数のドイツの科学者たちは思考したのだということを、彼らはあっさりと忘れてしまっているのだ。

もしも依然としてその必要があるのなら、科学による科学自身に関する考察の近年の豊かさ（知識の大きな危機の一つに対応しており、科学はしっかりと考えるあまりに数多くの私たちの思考方法を根本的に再検討している最中である）と、そしてさらに、二〇世紀の物理学の刷新に直接的に結び付く、その問いかけの本質的特性とが、私が文学的愚行と呼ぶものを今度こそきっぱりと挫折させる性質のものとなるのだろうが。さらに言えば、人間とは無関係の「自然の自動人形」という観念を確かに生み出しはしたある理性を告発することが問題となるとしても、メルロ＝ポンティの語る、そして理性に重くのしかかり続けている「存在論的偏見」ものともせずに、理性には自分自身の数々の罠の裏をかく無限の能力があるのだということを、諸学問と科学的精神との歴史そのものに絶えず証明してもらいたいものだ。

というのも、まだ見られたことがないもの、あるいはまだ考えられたことがないものを表現しようとして、科学が逆説的にもポエジーと同等の資格で発揮する、批判的暴力というものがあるからだ。批判的暴力は、先ほど話した粗暴さに対立し、さらには積極的に攻撃をも加える。なぜなら、この批判的暴力は、物事を対象とする――ありとあらゆるものを連関させる科学ならば私たちがそう信じるように仕向けるだろうが――のではなく、世界を構想する無数の方法――近似値的な方法もあれば独断的な方法もある――を対象とするからである。この意味で、もしポエジーと科学がこの上ないほど正反対な方法を用いて、概念的、イデオロギー的、あるいは道徳的束縛から自由な人々や事物を出現させようと努めている、つまり、そうした人々や事物に、隠喩的にも理論的にも、自分以外の世界との自らの関係性の豊かさと複雑さを回復させてやり始めているのだとすれば、『混沌からの秩序』の著者たちが科学に「自然を詩的に尋問する立場[*3]」を要求するのは理にかなっている。

しかしながら、錬金術師たちが秘儀伝授によって解決していた秘密の漏洩という問題は、科学にとって全く別次元のものであり続けている。どう考えても、秘儀伝授は、批判的暴力——それなしに思考はない——が、先ほど私が述べた粗暴さに対して譲歩するのをまさしく妨げていたのであり、これはまず、「幾何学的精神について」でパスカルが強調しているように「同じことを言っているすべての人が、そのことを同じように理解しているとは限ら」ないという理由のためである。[*4] 科学的知識の政治的かつ社会的使用がその隔たりの上で賭けられるのだが、科学者たちがなかなか抜け出せないモラルの問題が依然としてここにある。それも、なによりもまず秘密を見破りたいという欲望に応えるものである科学的知識は、その原則から言っても、有用性の有無を目指すことはほとんどないだけに、ますます問題になりやすくなっている。それでもやはり、科学的思考に対してその無責任さを、そしてまたその無益さ——科学的思考の自由の条件そのものだ——を一度に非難することはできないし、そして同時に、私たちの理解を超える様々な力が私たちに語りかけ、影響を与え、あるいは突き動かすことを前提とするならば、主体の不在を第一原理として提起することもできないのである。

　毎度のことながら、あちらこちらで人が私たちにそう納得させようとするよりも、物事はいつも少しだけ複雑であり、多くの発見が様々な問題設定の「発明」に起因するという事実はそれだけで、科学的思考の練り上げにおける直観の役割を雄弁に物語っているのである。現在の「科学の変身」における活発な諸力を明確にするのに専心しているイリヤ・プリゴジンとイザベル・スタンジェールは、特にこう力説する。「現代物理学は不可逆な時間を発明した。というのも、もし一様で可逆な軌跡だけしかないとすると、われわれが作ったり経験したりする不可逆過程はいったいどこから来るのだろうか？　時間が不可逆であることを私たちは〈知っていた〉し、そうだからこそ、いくつかのシステムの軌跡の脆弱な安定性の発見が革新の源となったのであり、力学を拡大する機会として見逃されなかったのである」[*5]。ポエジーとは、本質的には、私たちの最奥部に戻ってきては私たちを不安にさせる動揺の原則なのではないかということを問うために、私は、新しい一貫性の直観が、人の思う世界の表象における動揺に結び付いていることが明らかな例をよりどころにしよう。

「軌跡が決定されるのをやめる点、決定論的変化の秩序だった単調な世界を支配する運命の法則

(*fadera fati*) が破れる点が自然の始まりを表す。それはまた、自然の存在の誕生や増殖や死を記述する新しい科学の始まりを表す」と『混沌からの秩序』の著者たちは明確に述べている。[*6] 彼らの後を受けて、思い切ってこのように言ってはいけないだろうか？ 意味作用が決定されるのをやめる点、文学の秩序だった単調な言語の法則が破れる点がポエジーの始まりを表す、と。まるで、私たちに残されている自由に関するものを検討するためには、それを辛抱しなくてはならないかのようだ。

とはいうものの、舵の取り手が完全に私たちだけということはまずないにしても、生を説明しきると主張する言説によって生が緩やかに麻痺していくことを免れるかどうかは、私たち次第なのだ。そして、もし「私とは一つの他者[★27]」であるならば、それこそが私たちの唯一の保証、つまり言語、歴史、なんであれ基本的構造に横断された見せかけの人間よりも少しだけしっかりと存在するための、耳を聾する操車場――人は私たちのことをそれと混同したがっているようだ――よりも少しだけしっかり存在するための、私たちの唯一の保証なのではあるまいか？ 私たちを決定するとみなされている様々な力線の交点の抽象化から私たちを免れさせるのと同様に、自分の権能を確信する主体という滑稽な抜け殻から私たちが脱することを可能にしてくれるのは、まさしくこの予想不可能な他者性だけなのではあるまいか？

そして言語でさえも、取り乱した王子の物腰をした我らが麗しの言語、裏庭の陰謀の数々を抱え、茫然とした子供のように身じろぎしない我らが哀れな言語、沖合でぶつぶつ口ごもり、沈黙し、渦を巻く、ずる賢くて、純粋な、我らが壮麗なる言語、そんな言語でさえも、そう、そんな言語でさえも、私たちを住処に——たとえそれが人間の住処であっても——割り当てたりしない。言語は耳を聾するその檻々の中に私たちを内包していないし、同様にその上げ潮で私たちを横切りもしない。言語が私たちを横切るならば、私たちもまた言語を内包するのであり、言語が私たちを内包するならば、時間のうねりの中で言語を運び行くのは私たちなのだ。

侵攻騎兵として私たちは時間に乗る。
時間は私たちを乗せて長い雌馬のギャロップで駆ける、

と、一一世紀のシリア詩人、アブル・アラー・アル・マアッリーは言っている。[*7]

私たちの心はよそにあるということを、幼い頃から私たちはよく知っている。そして絶え間なくポエジーが——ポエジーとは体験されるものだが、時折文字に書かれることもある——そのことを私たちに思い出させるのだ、あるタイミングの一瞬に、研ぎ澄まされたあるイメージに、とある眼差しの片隅に、とある仕草の気配に……。そしてそれはいつも

見られず　知られず、
肌著(はだぎ)を　著更ふる
裸(あらは)なる乳房の　束の間！★28

であるのは、ヴァレリーの確信する通りだ。人として生きるためにはそのことを覚えていてはいけないことになっているが、私たちは自分がとどまりたいと望む場所にいたことは決してなかったのだと、何かの日に愛が突然私たちに得心させる。ブレスレットの滝を持ち、仕草の森の中にいて、群集の真ん中でその唇をさらに露わにするために出発する電車の眼差しをしたあの恋する女性を、私は見つめる。数々の小川が海へと向かうように彼女が現在の天気の上を歩くところを、私は見つめる。彼女が明日にはそれを忘れようとも、彼女に彼女の消息を伝えるためのポエジーしかないのだ。

黒い真珠となり、白い真珠となり、地球は曙の両手のひらの上で回る。もちろん、私たちが心ゆくまで使うことのできる時間の大きな扇はひとつならずある。しかし結局のところ、明証性の貧しさに対抗させるべきものとしては、私たちはポエジーしか持っていない。私たちの存在方法に至るまで無理強いをするに至る、普遍から個別への粗雑な関係性を覆すためには、私たちはそれしか持っていない。支配の幻想と幻想の支配によって日々強化される、力への意志のおぞましさに、私たちの中で立ち向かうためには、私たちはそれしか持っていない。そしてこれらのことは、目的が手段を正当化する世界の粗暴さに抗って目的を正当化する手段の、豊かさ、繊細さ、正確さを、ポエジーがスキャンダラスなまでに絶えず肯定するという動転させられる理由によるものである。この意味で、詩的転覆には他の全てが含まれる。アブル・アラーに再び耳を傾けよう。

> 事件は長いナイフを持つものだ
> そのナイフは星々の小羊から血を抜きとりそれを真っ白にする、*8

だから、「詩への憎悪」から学ぶべきことはまだたくさんあるはずだ。「詩への憎悪」は、それに熱中する人においては、まずはその人の様々な放棄の無意識の総和として読むことができるだろう。不可思議（メルヴェイユー）なものという幻想の放棄だ、と言う連中は言うだろう。こうした諸氏は、眩暈の意味（サンス）／感覚を無に帰すことに余りに満足しているのだが、人間の子供は眩暈の中で幸運の意味（サンス）／感覚を学ぶのである。というのも、贅沢と安逸とを、欲望と快楽とを、未知と焦慮とを、何の悪意もなしに最初から混同できるということは私たちの幸運なのだから。たいていの人が放棄しようと努める——この場合常に生活が一役買うことになる——無限への情熱が私たちに届くのは、その幸運からのみなのだ。

　不可思議なものの放棄とはつまり限界の不在を放棄することだが、ポエジーは限界の不在に有効性を持たせようと、そのことで想定される危険なものまで引き受けつつ、ただひたすら努めるのである。「放浪の民となり、国々や街々を横切るように、諸観念を横切らなければならない」と今世紀［二〇世紀］初頭にピカビアは提案していた。単純なことだ、横切られないためには、出発しなければ、様々な世界を――人はそこに永住することは決してないが、そこから完全に戻ってくるというわけでもない――横切るために出発しなければならないのだ。自分はそこに行ったのだと確信されたことは、いまだかつて一度もない。それほどまでにその道のりは不確かで、私たちがまだそうはなっていないものの境界すれすれ、私たちが現在そうであるところのものの奈落ぎりぎりに展開されるのである。そして、偶然の最も極端な形態の数々――その形態だけが私たちに私たちの特異性の形態を明かすことができる――を徐々に私たちに通過させるその道のりと、J＝C・マックスウェルの言及する以下の例に関する物理学的過程との類似に、私は心打たれずにはいられないのだ。「霜によって弛み、山腹の特異な点でかろうじて釣り合っている岩」あるいは「大森林を火事にしてしまう小さな火花［……］」。あるランクを越えた存在はすべて特異点をもち、ランクが高いほど特異点も多い。これらの点では、能力が限られた生き物が認知するにはその物理的強度が小さすぎるようなかすかな影響力が、最も重要な結果を惹き起こすことがある。

人間の努力によって成された偉大な業績はすべてこれらの特異状態が起こったときに、それを利用したことによっている」[*9]のである。これは、ポエジー及びポエジーにおいてなされる波乱に満ちた勝負——そこではまさにその様々な臨界点から特異性が露わになる——について語る言葉でもある。そして、人は次のように信じることすらできるだろう。すなわち、同様に波乱に満ちた勝負が現代物理学を通してなされており、様々な開放系の生成——そこでは無秩序が新たな諸構造の発端となる——において自然が捉え直されつつあるのだが、その勝負は、思考の狂おしい誠実さ——自ら消滅する危機を冒して、自らの限界の不在を、ポエジーを通して試すという誠実さ——を、全く予期しない形で裏付けることになる。ランボーのハラール然り、ネルヴァルの狂気然り、クラヴァンの出港然り、サドの決意然りである、と。

この身体感覚を伴った絶滅の自覚——無限の自覚へと開かれているのはこの自覚だけだ——がなければ、ポエジーは存在せず、いくばくかの文学しか存在しない。ならば、科学的なというよりも政治的な無責任さのままに作りあげられた世界の終りが、全ての偉大なる不服従者たち——彼らは人間の自分の周囲に対する決定的無頓着とその不治の傲慢さとにひどく憤慨している——の形而上学的な嫌悪感にいつか似通うことがあり得るなどと、どうして想像できようか？　そして、人がいまだに、言語を絶するもの、不可能なもの、あるいは欠如という現在のテーマ体系を、人生と思考とを照らし合わせ、かつその片方だけを賭けに出すことは決してしないという、何人かに採用された至高の方法を備える似たような何かだと私たちに思わせようとしているのは滑稽である。

専門的活動において役に立つこと、あるいはみすみす束縛されることに少しでも嫌悪感を催すならば、思考が不可避的に冒すことになる危険のことを、改めて述べるべき時だ。と言うのも、今日では破廉恥が進み、専門的活動において自分たちの人生を賭けた人々の話が、まるで何も危険を冒さなくても彼らの悲劇的な例について倦むことなく言及していれば名誉が挽回できるかのように、延々と私たちに語られるまでに至っているからだ。サド、ニーチェ、あるいはアルトーは、存在の不幸が書くと言う行為(エクリチュール)によって否定されるであろう、そして不幸のエクリチュールが存在のあらゆる形態と入れ代るであろう、その重大な偽造の特権的犠牲者になった。これはまさしくアルトーが、『ヴァン・ゴッホ——社会が自殺させた者』の中で、「熱病と健康で」武装した、そして「立ち戻り、もう彼の心には耐えられなかった籠に入った世界の破片を、空中に投ずることだろう」[*10]あの絵画を賞賛しつつ、あらかじめ告発していることである。この点に関して、模像(シミュラークル)にかけては、近年の知的、芸術的歴史に勝るものがなくなってしまったということは、認めなければならない。その歴史は、自律的な法則をもって言葉の場所を限定し、そうすることで象徴的なものを、その上で倦むことなく思考の喜劇が——感性的生およびその生の真の賭け金がこのように取り除かれている以上、この喜劇は定義上、取るに足らないものである――繰り返し上演されるリングの次元へと還元することに成功したのだった。私たちに提供される景色の広がりが陰鬱であることに、他に原因は無い。しかし、何人かの人間が、自らの精神のバランスと引き換えに、あるいは自らの生存と引き換えに、自分たちを「危険な景色」の方へと導く探検、あるいは社会的禁止に抗って突き進むよう自分たちを導く探検を行ったとしても、そのことで私たちが思いとどまって、数々の初歩的な質問をし直すことをやめるようなことはないだろう。生命はどこへ行くのか？　私たちにはどのような自由があるのか？　そして欲望だ、欲望、それはどこで愛情に遭遇するのか？　踏破された道のりに関して言えば、どの程度、その道のりが私たちに依存することになるのか、あるいは私たちがその道のりに依存することになるのか？　ヴェールを持ち上げ真実を明らかにしようとするものに襲い掛かるという避けがたい不幸な宿命というものは、結局のところ存在するのだろうか？

そのような数々の疑問を自らの存在理由とし、同時に、思考それ自体を追い求める思考によって冒される危険に関する主要な直観を持ったことで、「思考の実際上の働き[★29]」を心的オートマティスムの中に探し求めるシュルレアリスムは、少なくともその当初は、文学から逃れることが可能となるだろう。「思考の実際上の働き」とは？　もちろん、この言い回しの素朴さは、何よりも問いかけの豊かさを伝えている。しかしこれは、シュルレアリスムにおける自動記述の実践に、変装した交霊術への回帰か、新しいレトリックの適用か、あるいは全く単純に、貧弱なインスピレーションをとりつくろう性質のエクリチュール的な何かを見ようと努める、大半の批評家たち、解説者たち、あるいは注釈学者たちによって、[*11]六〇年以上前からその重要性が否定されている問いかけである。そして、心的オートマティスムを通して「思考の実際上の働き」を自らに問うというまさにそのために、シュルレアリスムは思考の出現に関する問題を、自由に関する問題に明白な方法で結び付けただけに、こうした無理解は理解しがたい。

そのことを黙認し、あえて何も言わない多くの人々は、文学的なものを本質的な問いかけから今一度切り離そうという隠然たる意志を示しているに過ぎない。シュルレアリスムがそのおかげで当初の力強さを得たもの、すなわち、霊媒、幻視者、狂人といったねじの一本外れた機械に見間違えるほど似ている心的オートマティスムという暴走機械を文学サロン立ち並ぶど真ん中に投げ込むというあの暴力的一撃——ただ私たちが何者なのかを自らに問いかけるために、手始めに話しているのが誰なのかを問うわけだ——を、そうやって人は否定しようとしているのだ。

おそらくブルトンにとって、最悪の誤解を避けるには、「シュルレアリスムにおける自動記述の歴史は［……］不運の連続の歴史ということになるだろう[★30]」と一九三三年早々に認めれば充分だった。それでもやはり、オートマティスムの自由の中に、つまり思考を脅かすものの中に、思考の基盤となるものを発見するのであるから、この不運はシュルレアリスムの好機となるだろう。シュルレアリスムはまた、言語が無意識のままに生じるとしても、反対に無意識の方は言語として構造化される——現代では盲目的にそう信じられているようだが——には程遠いということも、おそらくはこの破局的基盤の中で発見するのである。言葉にはされない、ところが無意識の中では無意識を構造化するものを解体するために作用しているものの圧力こそが、まさに私たちの思考の極端な不安定さの原因なのではないだろうか？ 自動記述を実践した際の反復的眩暈を無視してはならない。その眩暈は常に遠からず自殺的色合いを帯び、望もうと望むまいと、思考の連続的崩壊の表れを通して、思考の危機に遭遇させるのである。シュルレアリスムが発揮し続ける魅力の一部は、その奈落を明らかにしたということ、そして同時に、人々や社会が思考のまさに只中の死の現実を隠そうとしつつその奈落を否定するに至るあらゆる原因と戦うことを決心したことに由来する。ここで言う死とは何か？ ブルトンは『磁場』に関する彼の注釈の最後の数行で「もしもあともう何章か速度v''''（速度v''よりも大幅に早い）で書いていたら、おそらく私は今この見本版の上に身をかがめることにはなっていなかっただろう[★31]」と書いている。人が自動記述に身を任せるのはこれが最初ではないとしても（人がものを書くようになって以来、自動記述が絶えず生ぜしめてきた誘惑の長い歴史を調べる必要すらあるだろう）、その危険について述べられるのは、そしてとりわけ思考自身に委ねられたあらゆる思考においてその危険が作用していることが示されるのは、初めてのことである。

文学的素材となるおそれのある——余りに知られていることだ——自動記述で書かれた文章そのものよりも、こうした点にこそシュルレアリスムの大発見はあるのだが、現在では文学的形式の手すりをめちゃくちゃにしてしまったという功績は自動記述に認められているものの、その大発見はほとんど消し去られようとしている。しかしこうした状況の最も深刻なことは、毎回このように車輪の自由にまかせて奈落に向かって疾走するレースを再実行するオートマティスムの実践が、思考の最奥部で何が思考の差し迫った破綻を防ぎ得るのか——とは言えそのことで破滅的展望を手放しはせずに——という問いかけを誘発するのだということが、もはや全く理解されていないということである。

というのも、自動記述の暴力とは恒常的に深淵ぎりぎりにまで人を連れて行くことだとしても、それにもかかわらず人がその深淵に飲み込まれないとすれば、それはオートマティスム的眩暈の遠心力の裏をかくことが可能な意味を、また別の暴力が明確にするからである。自殺に関する例のアンケートの決定的性格が——実際このアンケートは『シュルレアリスム革命』の感性的基盤をなしている——ここで思い出されるだろう。自殺がもはや解決手段として認められなくなる瞬間から、重要なのは時間を発明すること以外の何物でもなくなる。死を否定しない、だがしかし死に立ち向かう能力を秘めているような時間である。ここで垣間見えるのは、オートマティスムとポエジーとを分離させ、まさに精神の根源へと結び付けるものであり、ポエジーは、思考の自殺的誘惑を防ぎ得る諸力の唯一の作用の死に物狂いの探究と混ざり合うのである。

議論の余地のない新しさだ。しかしその新しさに先立ちその新しさを予告していた、そしてその新しさを様々な異なる展望で帰納的（ア・ポステリオリ）に豊かにしている数々の精神的冒険とその新しさとを区別してしまうと、それは誤りとなるだろう。この点に関してはまだこれからなすべき発見が数多くあるので、その発見の完全な一覧表を作成しようなどとは誰も言いだせないだろう。私としては、もののついでに、ダンテとサドの意外な例を思い出すにとどめておこう。両者とも、自分の手法をもっと先まで進めるために、操縦されたオートマティスム——操縦された夢と言うように——に身をまかせているのである。自らの愛情の高揚感によってオートマティックな書取り（ディクテ）が開始され導かれている男性に、ダンテが一体化しているように見える『神曲』の次の奇妙な文句に、どうして注目しないことができようか？

I'mi son un, che quando
Amor mi spira, noto, et a quel modo
ch'e'ditta dentro vo significando. ＊12

(文字通りにはこう訳せるだろう。「僕は愛から霊感を受けた時／筆を取る。心の内で愛が口授(くじゅ)するままに／僕は文字を書き記してゆく」[★32])。

さらにジュリエットのとても奇妙な「秘密」もあるのであって、その秘密のおかげで彼女は彼女の放縦な友人たちと一線を画している。彼らの不幸は、自分たちの欲望を満たす方法をはるかに凌駕した欲望を持っているということである。こうした不愉快を避けるために、ジュリエットは一種の官能的オートマティスムに身を任せるに至り、それこそが彼女の欲望の大きさに応える可能性のある唯一の実践であることが明らかになる。

「あんたを燃え立たせた忌まわしい行為について詳細洩らさず手帳に書き留めて、そしてその行為についてあれこれ考えながら寝てしまうのよ。次の日には、その手帳を読んで、今私が説明したことと同じことを繰り返すのよ。そうすると、あんたの想像力は前日に気を遣ったときに浮かんだ観念と同じかあるいは変容しているか、あるいは違った観念を生み出すはずだから、それを又手帳に書き加えるのよ。そういうことを何度も繰り返していくと、あんたの官能を最も刺戟する観念の核が暗示され、次第にはっきりとした形を取ってくるわ。そうしたら、その観念を頭に浮かべながら、又あんたの好きな淫楽に身を任せてみるのよ」[*13]。

答えがないままの問題の解決法を見つけるためにオートマティスムをこのように行使する、確かに伝統と呼ばざるを得ないものに（というのも霊媒現象もやはり伝統に関係があるので）ポエジーが負うているものを見落とすならば、多くのものが失われてしまうだろう。このことに鑑みれば、ポエジーは、絶えず精神を破滅へと向かわせようとするものを祓うのみでなく、未知なるものを迎えに行くためにそれを利用することもできる実践としての存在感を増す。そして、催眠が、世界の睡眠を揺るがす精神分析的自覚の発端となったのと同様に、オートマティスムは、ポエジーの大々的な自己反省を惹き起こすことになるだろうシュルレアリスム的自覚の発端となるとも言えるだろう。その反省の最中、生きるべき時間に関する最も人間的な問いかけの只中で、オートマティスムの中に自我が――復活するために――実際に消滅する。目の前に死の時間が立ちはだかるが、それはまた別の時間を予告している。この対立する二つの時間の賭けの中に、ポエジーは丸ごとある。私たちの絶望の果てしない地平から、不可思議の果てしない時間が、出現することができることもあればそうでないこともあるのだ。

ポエジーの意味とはおそらくこうしたことであり、いつ何時ポエジーをそれ自体から逸脱させるかわからないものと、それは切り離すことができない。今あるものに満足できない、それも特に決定的に明示されてしまったものに満足できないことがポエジーの発端となるのだが、その不可能性の経験は今述べた否定性へとつながり、その否定性のおかげでその不可能性が「無限への癒しがたい渇き」――ポエジーがこれからも絶えず示し続けるはずのもの――という性質を帯びているということすらあり得るだろう。詩的強度に関して言えば、思考を徐々に蝕むものに対する多少なりとも強い直観と、それに対抗するためになされる感性的充電とに、それは正比例する。そもそも、そうした危険が見失われてしまうだけで、ポエジーはもはやひとつの罠でしかなくなってしまう。そしてその罠のせいで、まさしく今日そうであるように、自分たちは何者なのかという疑問が私たちにとって縁遠いものになってしまうのだ。

自動記述は時代遅れの産物に過ぎないと実際に方々で繰り返されているが、それはすなわち、二〇年代に自動記述が賭けていたものの重要性が理解されなかったということが、とりわけ繰り返し述べられているということである。しかし、ポエジーを、そして私たちの前進する闇をたとえ一瞬であっても照らすことのできる常に初々しいその能力を、すっかり忘れてしまったことを、人は少々声高に言い過ぎである。

失うがいい
だが　本当に失うがいい
見つけものに席をゆずるために★33

とアポリネールは言っていた。現在行われているオートマティスムの様々な派生物の開発が、本質的には形式上の否定性、取るに足らない作品を生み出し、何に対してであれ意味を見出すことを思いとどまらせる否定性の例となっている状況では、なんであれ何かを失うにも見つけるにも、残念ながら程遠い。なぜなら、その騒動は既にあたりのついた外観を真似することに専念するものであり、真の潜行をすっかり免除すると同時に表面上の拡散を加速して、自らの嘘がより早く定着し、より遠くまで広がるようにしているからだ。

そして、可能な意味の細分化を、長期にわたって人を欺き得る数多の感性の多様性をほめたたえることによって隠蔽することは、昨日今日の試みではない。真の拒絶には一切立脚しないこの上品な折衷主義には、基盤が全くない。選択することを望まず、また判断することも望まなければ、否定は趣味の問題となる。爾来、否定は気まぐれの限られた領域において行使されるようになり、それも石火の間しか持続しない定めとなる。

回収の概念に関して言えば、感性的基盤の全くない、ついには意味をなさない（ナンセンス）文章を量的に無制限に生産するに至るその拡散の力学は、その概念では説明することすら到底できない。そして、自由という観念が、他の観念と同様、放射性の「雲」の中で消え去り得る時に、驚くべきことがあろうか？ 私たちが漂流する中で、どれだけの流木が私たちには残されているのだろうか？ 私たちを次第に抑制するようになる景観、そして私たちがその起伏は知っているが大まかな全体像は知らない景観を眺める地点に、私たちがたどり着くことだけでもあるのだろうか？ 睡眠の壁の上で私たちの身振りと私たちの言葉との間に走るあの大々的な亀裂は、しかと存在する。しかし、取るに足らない形で出現する瞬間性の上に転倒しそれに刺し貫かれることにならないイメージがもはや存在しなくなくなった後でも、そうした亀裂を示す無言の図像の数々を解読する時間を私たちはまだ持っているのだろうか？ そして、私たちが絶滅してしまうかも知れないという脅威から私たちの目をそらすために私たちを茫然とさせるということ以外にそうした図像を正当化するものがもはやないのであってみれば、どうしてそうした図像がお払い箱になってはいけないのだろうか？

もしもコンセンサスがあるとすれば、それは、近代性を表明するものがこぞって貢献する否定性の細分化を通して、議論の余地なく形成される。否定的なもののこうした断片化は、任意の不正行為に対してではなく、心躍ることが余りに少ない世界全体に対して生じるだろう反抗の企ての評判を予め落としておくという漠とした計画に属するものにすら思えてしまうだろう。それは、破滅の道をたどることに飽き足らず、廃墟で人が労働することを要求する世界だ。そして、意味の投げ売りのためのこうした戦争の努力を免れているとみなされる人物は誰もいない。否定性の流出のためにありとあらゆる個人的企てが強く奨励され、人は行動の現在の諸規範（モデル）の中にその否定性をごく少量再発見しては得意になっている。至る所でこの新しい「束の間の帝国（エフェメラ）」が様々な世界の中でも最良のものとして認められているという事実ひとつとっても、それは文化という概念のめざましい出世と、最も取るに足らない諸作品の徹底したスポンサー活動とが同様にその目的を達成したということを、明白に意味している。これは、あらゆる真の不服従運動に対抗するための集団予防接種であるが、その不服従運動は必然的に物事の秩序を攻撃し、その予防接種の不吉な理由を暴くことだろう。

Ⅱ〔原註〕

*1 この好奇心をそそられる精神を、そしてフロイトがそれを引用する方法を最初に強調したのは、私の知る限り、以下の著作である。François Roustang, *...Elle ne le lâche plus*, Paris, Édition de Minuit, 1980, p.198 et 208.［ジークムント・フロイト「分析技法前史について」小此木啓吾訳、『フロイト著作集』第九巻、人文書院、一九八三、一三八頁。］

*2 Martin Heidegger, «Pourquoi des poètes?», *Chemins qui ne mènent nulle part*, Paris, Gallimard, 1987, p.355.［マルティン・ハイデッガー「何のための詩人たちか」（『杣道』）、『ハイデッガー全集』第五巻、茅野良男、ハンス・ブロッカルト訳、創文社、一九八八、三〇一頁。］

*3 Ilya Prigogine et Isabelle Stengers, *La Nouvelle Alliance*, Paris, Gallimard, 1980, p.281.［イリヤ・プリゴジン、イザベル・スタンジェール『混沌からの秩序』伏見康治、伏見譲、松枝秀明訳、みすず書房、一九八七、三八八頁。］

*4 Blaise Pascal, *Œuvres complètes*, Paris, Gallimard, « Bibliothèque de la Pléiade », 1960, p.599.［ブレーズ・パスカル「幾何学的精神について」佐々木力訳、『パスカル数学論文集』、筑摩書房、ちくま学芸文庫、二〇一四、三八三頁。］

*5 Ilya Prigogine et Isabelle Stengers, *op. cit.*, p.284.［プリゴジン、スタンジェール『混沌からの秩序』前掲書、三九二頁。英語版からの翻訳であるため、訳出部分の一部は邦訳にはない。］

*6 *Ibid.*, p.285.［同。］

*7 Abû l-Ala al-Maʼarri, *Rets d'éternité*, Paris, Fayard, 1988, p.42.

*8 *Ibid.*, p.54.

*9 J.-C. Maxwell, *Science and Free Will*, cité par Ilya Prigogine et Isabelle Stengers, *op. cit.*, p.85-86.［プリゴジン、スタンジェール『混沌からの秩序』前掲書、一一三頁。］

*10 Antonin Artaud, *Œuvres complètes*, t. XIII, Paris, Gallimard, 1974, p.54.［アントナン・アルトー『ヴァン・ゴッホ』粟津則雄訳、筑摩書房、ちくま学芸文庫、一九八六、六八頁。］

*11 プレイヤード叢書でブルトンの『全集』第一巻が近年［一九八八年］出版されたが、そのことに対する出版業界の反応は、全体的に見て、この態度の新たな例証に過ぎない。それも、マルグリット・ボネが傑出した観点からこの疑問に取り組んでいるにも関わらず、また、例えば『処女懐胎』に関する彼女の解説及びエチエンヌ＝アラン・ユベールのそれが種々の詳細なデータをもたらしているにも関わらず、そうなのだ。

*12 Dante, *Purgatoire*, xxiv, 52-54.

*13 D. A. F. de Sade, *Histoire de Juliette ou les Prospérités du vice*, Pauvert, 1987, IVe partie, p.44.［マルキ・ド・サド『ジュリエット物語又は悪徳の栄え』、佐藤晴夫訳、未知谷、一九九二、六〇三頁。］

Ⅲ

しかしどうしてそのことが信じられようか？　そして、相変わらず私たちに帰すべきように思われる「いくつもの他の人生」[★34]は？　それらの生は明証性の森の中に隠されているのだろうか？もちろん、人が私たちに見せないものは全て美しい。群集の好奇心に対してばたんと閉ざされる扉、無駄にはできない時間を掠め取る恋人たち、そして昨日地図に線を引いて忍耐の砂漠を消したあの微笑み。しまいには時間は消えてなくなってしまうとしても、私たちには空間が残されるだろう。瞬間の鷲の巣の中で旋回する空間、未来の忍び階段を突如広げる空間、持続のシーツを突然滑らせる空間、私が言いたいのは、最大の素朴さの空間だ。日によっては、遠くでものを見つめたいという欲望がまたぞろ私たちを捉えることすらある。あなた方は彼の地のことをよく知っている。そこではあらゆるものが今でも変わらず演じられ得るように見える。思い出してほしい。「あそこにいるのは、誠実な魂たちではないか、ぼくのためを思ってくれる人々の……とランボーは問うていた。さあ来たまえ……ぼくの口のうえには枕が置かれているんだ、あの人たちはぼくの声が聞こえない、亡霊たちなんだ。それに、だれにしたって、他人（ひと）のことなど考えやしないさ、けっ

して。近づかないでくれ。ぼくは異端臭い、まちがいなくね」。★[35]

それは朝の五本指の上で数の霧を冷淡にかき回す大都市の場末と同様に確実だ。それは抱擁のベロアの未加工の美と同様に確実だ。それは肉の束の中のレンガ色、緋色、赤紫色を示すために夜から出てくる手と野菜との素晴らしい菫色と共に、埋もれたヨーロッパの演芸台の上に戻ってくるおとぎ話の市場と同様に確実だ。しかし旅行は、感情の岩の中のタイムトンネルの大旅行は？私は昔のリボンとなって消えていくひとつかみの道々を持っている。いずれにせよ、出発することはないだろう。

そしてこれがおそらくは私が扉をこじ開けるようにものを書く理由だ。暴力的な書き方だと、今も私は非難されている。実際のところ、ポエジーの不在が拡大し続けることを嘆き、その状況を好転させようと試みることをしない方が、もっとうまくやれはしなかっただろうか？ 例えば詩を書いてみるなどして。とんでもない！ 随分と前から、もはや問題は、詩的と言われる文章の量を増やすために何かしら書くことではなくなっている。というのも、賭けられているものは私たちと全世界との関係性であって、言葉が徐々に物事を指示しなくなるにつれて、そしてイメージが徐々に人々にとって代わるにつれて、次第に言語それ自体の喚起力が脅かされているからである。そして、その結果生じる文学的パン屑だらけの中で、どうすれば詩的転覆は自らを培う糧を見出すことができるのか、なんとも私は知りたいものだ。今や詩的転覆にとって肝心なのは、詩的カテゴリーと認められているあらゆるものと、緊密に、あるいは大まかに混ざり合うものから全速力で脱走することなのである。おそらくいつの日か、私たちの持つ至上の力を、ポエジーが自らの生まれた時代との間に設ける、多少なりとも大きな距離から評価することができるようになるだろう。ただほんの少しでも、ポエジーを無理やりにでも時代に一致させようとすれば、その距離――ポエジーはその距離を、存在するものの中心の自由の眩暈のように穿つ――を取り戻すためにポエジーはたちどころに消滅する。

ポエジーによるポエジーのこの内的脱走を強調しておくのは無駄ではあるまい。こうしてポエジーは、もはやポエジーに内在する反抗しか示さなくなる。その反抗が政治参加のポエジーの信心深い儀式執行と混ざり合うことは決してありえないし、同様に例えばバンジャマン・ペレの『僕はそのパンを食べない』の、あるいはマンデリシュタームがそのために生命を失った反スターリンの詩篇の不屈の暴力性を嵐の通告としてよみがえらせるのもその反抗だ。ポエジーが、一歩引いて物事を眺めるその能力を、不意に、あるいは今日のようにじわじわと奪われてしまい、それこそまさに、時間に投錨した上で時事的ではない自らの展望を確定し発見し直すためにポエジーが距離を置いていたはずのものを指し示すよう強いられる時代は、ヘルダーリンの表現を借りれば、「欠乏の時代」あるいは「乏しい時代」以外の時代ではない。

実は問題は、衰弱減少させるあらゆるものを、そして正確な歴史的条件の中への引きこもりや誰かしらの身振りひとつで生じ得るあらゆるものを野蛮に拒否することでしかない。私が頼りにしているのはこの暴力性なのだ。お忘れかも知れないが、この暴力性は時として一冊の書物の形を取ることもあり、そのことが私にとって、ものを書く理由の中でも最もやる気の出る理由のひとつなのだろうと思う。そう、私は閉ざされているものをこじ開けてものを書く。類は友を呼ぶよろしくお互いにとてもよく似通った連中の人生に私の人生が似ないことにだけは注意を払いつつ、その連中が徐々に埋没していく速度が何かの拍子に遅れてしまうことのないように。大部分の人々は頑なに流砂の上に――もちろん安全面での配慮から――自分たちの存在の土台を築こうとしているのだが、その流砂を避けるための選択肢すら私にはない。そうでもなければ、これほど多くの中途半端な概念が、自分自身ののしかかる重さによって飲み込まれる前に、まだまだ長い間動き回るところを、私たちが目にすることはなかっただろう。そうでもなければ、四分の三が埋没しているあれらの思考――逆説的ながらそれらの思考の有毒性は、事物の力でというよりも感性的試練を拒絶することでそれらの思考が放棄することに同意したはずの、それらの思考自身の取り分に見合っている――を私たちが考慮しなければいけないこともなかっただろう。私は私たちの風景を眺めてみるが、無駄なことだ。そこにはサン＝ポル＝ルーが「真実の畝溝」と言っていたあの感情の痕跡はこれっぽっちも見られない。そこにはピエール・ルヴェルディが絶えず主張し続けていた「詩（ポエジー）と呼ばれるあの感情」の兆しはこれっぽっちも見られない。

そして、その感情（もしくは世界に対して心を震わせることで人々の心を震わせるあの方法）と感傷性とをあえて混同するようなことが今後ないように——そもそも前者は後者の断固たる否定である——オシップ・マンデリシュタームの忘れ去られてしまった道のり、しかし時間の窓ガラスの上にダイアモンドでつけた傷のようにくっきりとした道のりを思い出してもらうことにしよう。また、彼の妻ナジェージダの心を打つ旅を思い出してもらうことにしよう。彼女は、歴史の無意味さ（ナンセンス）に逆らってただ一人で逆方向へと進み、混じりけの無い状態の抒情的転覆を示しながら、一九三八年五月一日にスターリンが死地シベリアへと送った男性が亡くなって以降二〇年間、自らの詩的作業を二重にし、延長させることになるだろう。マンデリシュタームは「頑強に自説をくり返し、彼らが詩のために人殺しをしているのなら、それはつまり、詩をじゅうぶん重んじていることになる、つまり、詩を恐れているのだ、つまり、詩は権力なのだと言っていた」*1と彼女は私たちに言う。

私が感動屋なのだろうか、しかしハイデッガー以降「乏しい時代に詩人は何のためにあるか？」★36というヘルダーリンの名高い疑問が定期的に問い直されるほど詩の本質に心を砕いているように見える時代の只中にあって、マンデリシュタームがきれいさっぱり忘れさられてしまっていることとが、私にはよく理解できない。

　そして、もしも彼が、あらゆる機会に文学に対する自分の本能的な不信感を表明するようになる前に、これ以上ないほど穏やかな落ち着きをもって文学的習慣に逆らい、手始めに「仰々しくも御大層な文章の豚っ鼻」[*2]を告発していなかったとしたら、私はマンデリシュタームのあの「忘却」にいつまでも驚き続けていたことだろう。「マンデリシュタームの文学との断絶は、どの国にいたところで避けられないものだっただろうが、私たちの国［ソヴィエト連邦］では、文学には個人的、私的な事柄として存在する権利はなく、その約束が少しでも破られると国家の介入がもたらされる。［……］しかしこの男は、文壇の中で地位を持つことなどこれっぽっちも望んでいなかった。そうするには彼は忙し過ぎたのだ」[*3]。そう、人々と関わるのに忙し過ぎたのだ。「マンデリシュタームは、農夫たちと、田舎の女性たちと、誰とでもおしゃべりをするのが得意だった。ただし、指導者たち、作家たち、卑屈な連中は除いてだが」[*4]。それ以外の全てで忙し過ぎたのだ。「私は自分自身について話したいとは思ったことがなかったが、私のいる世紀、この時代の音と空間を追いかけたいとは思っていた」[*5]。「詩的題材の変換可能性」あるいは「不安定性」[*6]を通して、時代の巨大な倍音を捉えることに忙し過ぎたのだ。

　そして、世界に向かって存在し、世界自体にはならないというその流儀の中にこそ、「詩と呼ばれるあの感情」の全てがあるのであって、その流儀は別の呼吸――ノヴァーリスの語る「荘厳なリズム」に近づいて行く、そして彼によれば「両者とも振動に、波動に、結び付き一体化することから、思考と光との間の新しいアナロジー」[*7]を暴くはずの呼吸――を見つけるために、物事の表面で、そして同様に中心で、時事的なものと時事的ではないものを出会わせるのである。面食らってしまう直観だが、軌跡というよりもリズムとして発展するために対位法のあらゆる可能性を用いる詩的否定の事実に、この直観は一切矛盾しない。それは此処と他所との、過去と生成との、断片と全体との感情から生まれたリズムであり、私たちが再び時間を作り出す唯一の機会なのだ。

　というのも、もしもポエジーが「時間の深層を掘り返す犂であり、そしてまさにそのことによって、マンデリシュタームによれば、それは時間に対する勝利なのである」のなら、僅かずつのちまちまとした操作では詩的否定がどれほど実現不可能なのか、それどころか詩的否定は全体を包括するものだということが判断できるからである。どのような仕組みで、恒常的に「リリスムとは抗議の進展である」[★37]のか――エリュアールとブルトンが彼らの『ポエジーに関する覚書』で言明していた通りである――を理解するためには、存在するものに対するポエジーの本質的に批判的な力をピエール・ルヴェルディが決然と強調していることも、思い出してもらうだけの価値がある。「美と同様に、ポエジーはあらゆるものの中にあり、それを見出すことができればそれで十分なのだと、しばしば言われたものだし繰り返されもした。はてさて、違う、それは全く私の意見ではない。それどころか、ポエジーはどこにも存在しないのであって、重要なのはまさしく、ポエジーが存続できる確率が最も高い場所にポエジーを置くことだと認めるのが、私にとっては関の山だろう。しかしまた、あるがままの状態では必ずしも愛想よく私たちの手の届く範囲内に来てくれない現実により一層耐えられるようになるためにポエジーを世界に置くことが人間には必要になったのだということがひとたび認められれば、ポエジーはその目的にたどりつくのに、なにがしかの特別な媒介物を必要としない。他の単語よりも、より一層詩的な単語など存在しない。なぜなら、ポエジーは単語の中にも、沈む夕日の中にも、あるいは曙光の壮麗な開花の中にも同様に存在しない――悲しみの中にも歓喜の中にも同様に存在しないのだから。ポエジーは、単語たちが沈む夕日や曙光を、悲しみや歓喜を変形させた時に、それらの単語が人間の魂に到達し、姿を変えていくものの中に存在する。ポエジーは、単語たちの力と、それらの単語が並べられることでお互いに――精神の中に、そして感性に響き渡りながら――反応し合うことによってもたらされた、その事物の変形の中に存在するのだ[*8]」。

要点の見事な整理であり、「単語たちの力によってもたらされた、その事物の変形」を遥かに超える価値がある。

実際、最悪の事態が最初に洪水の水と共に引っ込むことを望む人間精神の否認の暴力性に、誰が異議を唱えることなどできるのだろうか？ そして、欲望が常に戻ってくる、無邪気さの、根絶できない森の中でふくれあがるものも合わせて考慮に入れることをしないためには、また、想像力がその最も美しい道の数々を切り拓くのは無頓着と無意識の間だということを無視するためには、最後に、責められるべき無責任の方が宿命的に重んじられ、想像上のものと信じられている解決法の方は決して重んじられることがないと決めつけるためには、この上なく頭の固い合理主義に縛られていなければならないだろう。私はと言えば、情念的生とは不均質であり、そこには私たちに押し付けられたものも含まれるということを余りに確信しているので、負けを覚悟の上でもその不均質性に賭けざるを得ない。

　しかし、あらゆるものがあまりに軽率に、余りにまずく運ぶので、記号の転換の希望は間違いなくユートピアに属している。このユートピアにも、別のユートピア――大きいユートピア――にも。「今日ほど大きいユートピアの調子が悪いことは、未だかつてなかった。ただ単に「ユートピア、それは強制収容所（グラーグ）だ」と結論づけるため、そうやって最も呆れた実用主義を正当化するために、制服の区別なくあらゆる立場の召使たちが、一〇年以上も前からこの大きいユートピアを猛烈に攻撃しているのである。そのようなご苦労な任務の遂行に何も嫌悪感を覚えない人々はさっさと無視してしまいたいかも知れないが、この時代の精神の中からユートピア的概念が徐々に消失していることは私たちの注意を引き留めるに違いないだろう。その筆頭が、現在行われているユートピア的物語のこうした読み直しが、国家のユートピアと、国家に逆らって社会的な場の豊かさや多様性に賭けたユートピアとを、区別しないようにしっかりと気を付けているという事実である。そうして、巧みに維持されたその混同は、社会的現実をもう少し遠くから、そしてもう少し高い位置からあえて考えてみた手法の中でも最も動揺させる手法の数々を無効化するのに役立っている。それどころか、風刺画にならんばかりに、さらには正反対の意味にならんばかりに写実主義的なこうした読み直しに照らせば、個人的観点からと同様集合的観点からもユートピアがまさにその素材とし、自らのエネルギーを引き出している象徴的効果の概念自体を、人は次第に否定するに至るのである。

　というのも、結局はそのままの状態を保つのに向いている物事の秩序を他に類のない乱暴さで今日肯定しようと努めることは、情念の闇の奥底から色紙テープを投げ、そのテープの描く図案の中に私たちのありそうもない生成を出現させるという、夢の果てしない運動に第一に反対するものだからだ。そして、政治的考察からあの距離を奪うためにはそれ以上のものは必要ない。存在するものに関しても――「最も親しいものを奇妙に見せ、最も遠く離れたものを間近に見せる」ために――、また「その距離がその輪郭をユートピア的に描いて見せる『肯定性』に関して」[*9]も、この距離はユートピアのかけがえのない貢献のひとつをなすものである。この距離はフーリエの眼にはとても本質的なものだったので、それを出発点として彼は絶対的隔離をもって思考する彼の方法を編み出したのだった。

「私は以前から、有益な発見に到達するもっともたしかな方法は、不確実な学問のたどった道からあらゆる点で遠ざかることだと思っていた。不確実な学問は社会体制にとって有益な発見を何ひとつ残さなかったのだ。それは産業の大発展にもかかわらず、貧苦を予防することさえなかったのだ。それゆえ私はこれらの学問にたえず反対すべく努めた。その作者の数多いことから推して、私は彼らの扱った主題はすべて完全に究められたものと考え、彼らのうちの誰ひとりとして手をつける者のなかった問題にしか取り組むまいと決意した」[*10]。

行動の弱さが当然のように思考の弱さと競い合うコンセンサスの時代の只中で、この「絶対的隔離」を思い出してみたいと思う。というのも、現在ではフーリエのこの概念は知られているとしても、人はそこから何を学んだのだろうか？ 「文明に懐疑を適用し、その必然性、その優越性、その永続性を疑ってみる必要があるのだ[★38]」という、先入観に対するフーリエの「絶対的懐疑[★39]」の方法に関してだけでも、政治的考察の領域であえてフーリエについて行くことが、誰にできるというのだろうか？ 欲望の運動そのものの中に、その運動に含まれる、いかなるイデオロギー的規定にも還元され得ないものを再び見出すために、熟慮されたものも想像されたものも同様に乗り越えることを許すその距離を、ユートピア以外のどこに私たちは見出すというのか？ その意味で、ポエジーが人々や事物の中心に開く無限の展望を、ユートピアは社会的空間の中心に開くのであしかし、またたからこそ、この距離を認めないよう専念するだけで、ユートピアによって覆われた象徴的な場を倒錯した形で使用することが可能になってしまうのである。

そして広告映像ジャンルが成長し、見栄えも良くなるのは、それこそまさにこの土地の上なのであって、そこに次から次へと放り込まれるユートピアの諸要素をむさぼるように取り込むのである。便利さ、豪華さ、笑い、無邪気さ、楽しさ……。そう信じてしまいそうだが、これはユートピア的機能の消滅には全くあたらない。そう、その機能はまだ健在だ。夢に結び付いているのだ、ユートピア的機能はそう簡単に消えたりしない。そうではなくて、私たちが意識せずに目撃しているのは、その機能が細切れにされていくさまであって、これは日々繰り返されているのである。最悪なことに、その機能はたとえ千のかけらに分解されても、スポット広告やビデオクリップといった惨めな姿に還元されても、その欲望の塵芥で、その出発のかけらで、その幸せのとげで、私たちを魅惑する力をまだ持っていることを隠せば、嘘をつくことになるだろう。しかしながら、何物にも何人にも、決してかき集めることのできないだろう相互に無関係な瞬間の数々が、自分の足元に日ごとに積み重なっているのだということに突然気づいてしまった人が、はなはだしい悲しさに捉えられることを隠しても、同じだけ嘘をつくことになるだろう。この時代の最高の皮肉だ。すなわち、充実した時間という幻想の販売促進のために、ユートピア的機能の残りは、充実した時間の希望を表すのではなくて、断片的時間の猿真似をするのである。広告とは、ユートピアの新しい名前である。だから、砂売りとやらの予期せぬ到来を今なお夢見るのは無駄なことだ。ずいぶんと前から、粉末状の幸福の数々が、最も効果的な粉末を私たちの眼に投げ入れているのだから。

この時代の特徴だが、瞬間ごとに死の時間を崇拝してしまう脅迫、つまり、去りゆく時間の中から自分に必要なだけの時間を私たちにつかませない脅迫、決して私たちのものにはならないだろう切れ切れの時間で満足することに私たちがそれぞれ納得するために、この同一の脅迫の中で、ユートピアへの憎悪とポエジーへの憎悪が互いに再会するのである。

なるほど、移ろいやすい時間があって、人が言うには、そうした時間は時代の変化を予告しているらしい。いいですか、きっとこうなるでしょう……いいですか、こんなことが起きています……これで時間が手のように開くのだ。昨日は、今朝は、ニューヨークはハドソン川ではなく、地平線の青い静脈の数々を手玉に取る一本の生命の直線によって横切られていた。風の音（ブリュイ）、血液の音（ブリュイ）が、ガラスのこめかみを持つ街に吸い込まれ、そいつは歴史の波しぶきだという噂（ブリュイ）が流れる。しかし先ほど、「過去が牛のように鳴いた」。ここはやはり、アルチュール・クラヴァンこと「筋骨たくましいメランコリー」の出番だ。生成の回転ドアには注意すること、時間のページはぱらぱらめくるものではない。「おれの本を読むと、身体が危ない。」それでユートピアは？ 心臓の毛皮の中には生命の雪が降り、心臓は窓ガラスに向かってタイプを打つ。「おれはおれの円窓を通して死を見つめる」。未来は遠洋航海の流れのままに滑る。「このおれは、生きる欲望を激しく燃やすのに、ヴァイオリンのメロディひとつでことたりる。このおれは、快楽で自分を殺すこともできるだろう。全てのご婦人への愛のために死ぬこともできるだろう。あまねく街のために泣く、おれはここだ、なぜなら人生に解決法などないからな」。それでユートピアは？ 朝がひとりで跳ね返っているところを見たことがなければならない——「姿勢は死んでいる」——身体の空虚な街頭で。

狂ったようなその速度で列車がおれを揺すっていた。
おれの考えることは黄金色になっていた、苺は熟すところだった、
苺は熟すところだった、草原のごろつき染みた緑の中で田園はすばらしかった。
草に微笑みかけながら、おれはボクサーであることに夢中になっていた。

それでユートピアは？ 人がユートピアを、イメージ——それを使って売り込みたい内容次第で、無味乾燥なものになったり不愉快なものになったりする——と混同しようと努めている現在、ユートピアには常に絶望に結び付いた部分があるということを、誰が忘れずにいられるのだろうか？ ユートピアが、ポエジーと同様に、存在全体の批判であり、何も救ったりしないということ

をとりわけ一番気にかけて、不確定の灰色の色調の中に荒々しく切り込むのだということを。「当時のパリは、その二十の区の境界の内側では、決して完全には眠らず、一晩に三度でも場所（カルチエ）を変えて放蕩を繰り返すことができた」[*11]。とくと眺めることが、あるいは何人かにとっては思い出すことすら、いまひとたび重要となる。「当時、河の左岸には［……］否定的なものが権勢を誇っていた一地区があった」[*12]。その地区がスペクトルのあらゆる色彩を帯びている時だけ、絶望が反抗にその煤の美を与えるのだ。「それは、旅人たちを引き留めるのに最もよくできた迷路だった。そこに二日とどまった者は、もう二度と再び、あるいは少なくともそれが存在するかぎりは、そこを離れることはなかった。そして、ほとんどの者が、まず何より、長くはない自分の年月の終りが訪れるのを、そこで目にした」[*13]。数々の入り口と出口からなる森の中では、国ではなく道程を探す人々が唯一の旅人だ。「自分たちがあれほど見事な災禍をもたらす反抗を持続させてきたことに、誰もが互いに見惚れていた。実際、私は、そこを訪れたことのある者は誰一人として、この世界で少しもまともな評判を得ることはなかったと確信している」[*14]。

ひとりならず感情を害してしまうかも知れないが、同じ火に焼き尽されて、同じ闇の中で活動をすることになる人々の間に、アルチュール・クラヴァンとギー・ドゥボールの似ても似つかないシルエットを認めたいと思う。これらのシルエットが同じ足取りで歩いているとか、同じ方向に進んでいるなどと主張しているわけでは全くない。ただ、遠くから、とても遠くからであれば、一致はしていないそれらの身振りが、決してどこへもたどり着かないという同じ確信と、絶対にしなければいけないというわけでもないことをあえて試みるという同じ無頓着さとを想起させているように見えるのである。意気阻喪の最中の自信に賭ける、そして重々しさの中にある軽やかさに賭ける物腰の問題であって、私としては、この問題はポエジーと切っても切り離せない。この問題こそ、存在に時折あの別の拍子——私たちが時間と共にどこまできているのかを、大時計よりもはっきりと私たちに示してくれる——を与えるのである。また、直観的道のりと理論的道のりのどちらの道をたどっても、いくつかの生はその物腰を獲得するので、誰もそのどちらかを特別扱いすべきではない。さらに、旅のきっかけとなった目標——ひとつだろうと複数だろうと——などはどうでもよい。その物腰の中にありさえすれば存在が一貫性を見出すことができるのであれば、旅の結果生じる道程ですらどうでもよいのだ。まるで、最も深い孤独の底にあってはもはや持続できないように思われるのに万人の同意のもとで持続しているものを覆すためには、大半の人々がひたすら取るに足らないとか別々の問題だと言ってそのように扱う諸現象を、一人ひとりが、自分の方法で、真似のできない自分だけの方法で、結び付けるかどうかにかかっているかのようだ。情念的一貫性とはこういったもので、形の無かったものに形を与えることで意味を与えるという、ポエジーとユートピアに共通した賭けなのである。

しかし、まさしくこうしたことと、この時代は最も思いもよらない方法で戦うことを決めたように見える。その一貫性は、私たちの夢のそれであると同様に私たちの愛し方のそれでもあるのだが、私たちは日々その思い出をまさに忘れるように仕向けられている。文学研究を使って、広告的手管を使って、哲学的冷笑主義(シニスム)を使って、性的衛生主義を使って、ヒューマニズム的英知を使って、文化的露出癖を使って……気をそらすための策略はこんなにもたくさんあるのだが、その明白な結果として全般的不安が強化されることになる。そして、誰もかれもがその原因を究明しようとしてますます迷子になっているのではないだろうか、数々の娯楽が時代によって一歩先に進められた議論として提示され、いかにそうした娯楽が自らの影響力を見誤っているのか、そしてその結果として、単独の、もしくは複数のどんな存在も決して自らの主権に到達することができなくなっており、自分たちの絶望や愛情にさえ私たちは決して追いつけないだろうという不愉快な印象がついて回るまでになっているのか、ということを確認するのが毎度のお約束になっている有様である。

しかし、自分でしたこと、しなかったことを足し引きして明細を把握することに対する各人の無能さをここで私が嘆こうとすれば、それは私自身に対して余りに恥ずかしい訴訟を起こすことになるだろう。人生において何にひたすら従うべきか、私は未だかつてはっきりと分かったためしがない。そして時間がたつにつれて、例のいくつかの生きる理由とやらが、私には次第に、理由という仮面の力を利用するかしないかによって滑稽なものになったり素晴らしいものになったりする理由、そしてとりわけ偽りのものになったり真正のものになったりする理由、そうした数ある理由の一部に過ぎないように見えてきた。もしも理解することだけが問題であれば、全てがもっと非常に単純になるのだろうが。もちろんサドは――またもやサドだ――何が問題なのか知っている。「世間の人々は情念を非難しているけれど、哲学の焔は情念によって一層明るくなるのだよ」★40。

思考の土台は情念的なものしかなく、表現と伝達との難解な妥協のもとでそれは出現したり消滅したりする。フロイトとシュルレアリスム以降、このことは明白な事実以上のものとなったが、言語に関するあらゆる種類の思索は、この明白な事実を隠し通すことにほぼ成功した。

私は言おうと思ってもみなかったのに、本心を漏らしたり言い逃れをしたりするために言ってしまったこと、それを私に対してそっくりそのまま返しても、それはしかじかの矛盾で私を悩ませるようなことにはならず、逆にそのことで私はそうした隠れた告白に満足するようになり、そうした告白の表面上のつまらなさに慣れ、言語が釈明すべき相手は言語しかいないのだという恐ろしく近似的(おおざっぱ)な理論に囲まれても自分の考えを強く持てるようになるのではないか? 並み居る記号論者諸氏にはまとめてお気の毒だが、語りの主語となる「それ／エス」(« ça qui parle ») と、

「一個の他者」である「私」とは同じものではない。私の言語がいかに私にとってなじみがなくても、まだそれは私に疎外感について話をしてくれている。それは私の奇異さであり、おそらく最も私であるものを述べる奇異さだ。そしてその奇異さの足元には、良く慣れた動物のように、最も私ではないものが眠りに戻ってくるのだ。

そして、もしも、「感情のうち語られないもの」、すなわち「抑圧されたものと表明されたものの間」にある未踏査の――クロード・オリヴェンシュタインが今日それについて自問している――あの領域の中で、もしも、あの「各人に固有の自由の余白」の中で、「主意主義と自由をもって、主体が現実界――主体はそれを切り分けて固定する――に幻覚を抱かせる」のであれば、語られないものが「他者の想像界が知っているということを主体が知っている方法で、だが他者の掟のために公然とは知ることが許されない方法で、主体の想像界へと到来するもの」[*16]であるかも知れないという限りにおいて、私たちの言語が私たち自身に対して奇異なものであることが、あの奇妙な選別作業にもまた依存しているということに賭ける必要が大いにある。私たちの感性的一貫性は、そうやって私たちの言語の奇異さが、私たち自身の最も表にさらされているものと、同様に最も奥に隠されているものとのおかげで手に入れているものを出発点として探究されるべきだということにも賭ける必要が大いにある。ジャリの『超男性』とサドの『ジュリエット物語』を読んで私が常に感じてきた同じ感情を、私は別様には理解できない。それぞれの主人公が、「全てを言う」、あるいは全てを行うという不可能なことに挑戦するという分かりやすく徹底的な計画に従っているように思われるのだが、彼らのたどる予測不可能な運命を課し、それを啓示するために、別の力が彼らの言葉や彼らの運命を捉えているのである。『ジュリエット物語』は、論理学とも心理学とも同様に関係のない、別の一貫性の追究の厳密な転写である。『超男性』に関して言えば、ジャリは存在するものの彼岸をいち早く見るために、専ら過剰の力に頼る。

「以上に？とマルクイユは夢みるように言った、それはどういう意味だ？　まるで、あの自転車競走の逃げてゆく影のようではないか……以上にというのは、もう決まった一点ではなくて、無限よりもっと向うへ遠ざかることだ。それは捉えどころのない、幻影のようなものだ……。

――あなたは影だったじゃありませんか、とエレンが言った[★41]」。

「無限よりもっと向うへ遠ざかること」とのことだが、現実的なものと思われているもののみに甘んじることを私たちが拒絶するその瞬間から、私たちの生もまた同様なのではないだろうか？　そもそも、今日では科学者たちが私たちにこう言っているのである。「現実的なものは真実ではなく、ただ存在しているだけである」（アンリ・アトラン）。従って、存在するものの中で、言語の閉鎖空間がそうなってしまった陰鬱なフランス式庭園の向こう側にある、森のけもの道のようにそこを通る者だけに価値のある抜け道――しかし後にその道筋はある形を示しながら意味をなす――を見つけるのは、私たちなのだ！　その形は、次善の策としては芸術的と呼ばれる形でもよい。だがむしろ、私は生の形と言いたい。それは、新しい感情の痕跡となることで、生活様式に影響を及ぼし得るのである。ずいぶんと前から知られていることだが、「素裸の思想も感動も、素裸の女と同じに強い。だからそれらを裸にすること[★42]」。今こそそれを実行し始めなければいけないだろう。

別の言い方をすれば、いつでも「場所と方式[★43]」なのだ。それは、その決定的な非時事性のために震えていて、そのために私たちはポエジーがいつの日か「乗り越えられ」なければならないのかどうか次第に——もしまだそうする必要があったなら——怪しむようになる。その乗り越えの歴史的必然性は、美術に関しては、『アンテルナシオナル・シチュアシオニスト』誌の発足当初から既に表明されていたし、首尾一貫した社会批判を続行する野望がまだある人々によって主張され続けている。これだけでも、私には無視できなかっただろうが、もしも、加えて、三〇年近くも前から非常に稀な厳密さをもって行われているこの政治的考察が、ダンテとラスネールを経由してサドからヴァシエへと至る詩的転覆のある種の真っ赤な輝きを決して見失うことのなかった他の全ての考察と異なっていなければ……。しかしながら、その考察がその感性的世界を参照しているにもかかわらず、その考察の中に感性的世界に対する不信感があることを、私は嘆かざるを得ない。詩的転覆は、有効であるか、さもなければ何の効力もないかの二者択一だ。そして、詩的転覆の射程を限定して、その射程にその効果を適合させようとするや否や、詩的転覆は何の効力もなくなる。そうやって思考が自発的に理性に委ねるものは、最良の場合であっても、思考が不正に通過するために必要とする罠なのだ。保護すべき物質の変質を常時引き起こしかねない、危険な予防策だ。ある思考の力は、非合法活動においてというよりも、広告に対する自らの抵抗力の程度で測られるのだから。もしも事情が異なっていたら、私たちが失いかけているものの意味を、ノヴァーリスとクラヴァンの、ジャリとウッチェロの、ヘラクレイトスとピカビアの、デュシャンとフーリエの、ソフォクレスの、そして税関吏ルソー等々の道程の多様性の中に認めることは、今頃はもう私たちにできていなかっただろう。

私の窓で音を鳴らしている、流行の思想の騒音と雨の中に失いかけているのだ。時折落胆の突風の音が私には聞こえて、その突風のせいで私の窓は二重になる。外では小人たちが行ったり来たりしていて、ただ彼らの衣服だけが、彼らを雨粒と区別している。いずれにせよこの天気では、知的便宜、あるいは感情的便宜の、軽いがしつこい泥しぶきで汚れて帰ることなしには、もはや外出できない。それを甘受する人々もいる。だが私は違う。仕方ないのだ、私は歩くときに自分の足を見つめるのは好きではないのだから。これはつまり、大半の人々が自分たちの人生に欠けているものを最もみじめな小説的一貫性の中に求めるに至っているのは、視線を遠くへ向けないからだ、ということなのだろうか？

ゆっくりと、しかし確実に、大挙して小説が復活してきていることは、他の方法では私には理解できない。それも、どんな小説でも、というわけではなく、数々の紐と結び目を持つ伝記的小説、少々派手な音をたてるために運命譚や神話といった歴史の鍋をがらがら引きずる小説が復活しているのであって、万人を無視した文学研究という口実のもとに幾人かがまき散らしている退屈の瘴気の只中にあっては、これら全てが新しいものの雰囲気をまとうに至っている。こうして今日、まるで一八五七年以来何も起きなかったかのように本は書かれるのである。最悪なのは、それらの本を読み、何処にも見つけられないものをそこに探し求めている人々がいるということだ。

　そう言ったわけで、私と同じように、ある物語を語ってもらうことにまだ絶望していない人々にはお気の毒様である。それが続く時間（タン）だけ、空模様に鞭打って、過ぎ去る時間（タン）の惨めさとは縁を切ることを許してくれるような物語を。夢の中に入ってきてもらっても恥ずかしくない物語を――たとえその入り口が最小の細部であるささやかな扉であっても、髪の毛のカールひとつであっても、あるいはほとんど客観性のない印象であっても良い、これから愛することになる女性を前にしたアドルフが抱いた印象のように。「人々は彼女を、美しい嵐ででもあるかのように、興味と好奇心とをもって注意ぶかく眺めていた[★44]」。つまりは、あなたから一度と離れることなく、あなたが横切った国々の切れ端と一緒に、あなたのそばで漂い続ける物語を。

　さして遠くない昔、ある人物は道々に沿って持ち歩く一つの鏡を用いて私たちの注目を惹きつ

ける ことに成功した。[★45] これはなかなか悪くなかった。鏡の中に据えられた一冊の本、これは既に、全ての旅の約束を自分の反映の根源から汲み上げる、世界のかけらではないだろうか? そもそも、私はこの鏡を手にしており手放しはしない。その鏡の光を小説の大いなる曖昧さの方へと一瞬向けてみるまたとない絶好の機会だ。小説の最も決然たる敵対者たちの中でも、シュルレアリストたちはその曖昧さを免れなかった。彼らは小説的活動を写実主義的凡庸さの完成された表現として非難しておきながら、自分たちの愛する物語はその活動から除外しようと工夫を凝らしたのだった。

おそらくは小説もユートピアと同じ事情で、このふたつの用語は共に、相矛盾する様々なヴァリエーションをひっくるめて含んでしまうのである。従って、国家的慣例を外れた社会を想像しようとしないユートピア主義者には、慣習的な時間の支配を認めそれに従う様々な方法を継続的に示す大多数の小説家が対応するのだろう。この意味で、プルーストの栄光に偽りはないと言える。小説的企てがこれほど明確にその目的を明らかにしたことは未だかつてなかった。時間の至上権に忠誠を誓っている以上、もはや肝心なのは、失われた時間をむなしく求めることでしかあり得ない。

集合的時間、内的時間、歴史的時間、はたまた精神的時間、なんでもござれ。ただしそれが、そこにどのような超越性が潜み、不在の神の役割を演じているのかを知るような時間でない限り。

鏡は割れ、失われ、あるいは封印されたが、人は相変わらず同じ道の上にいるのか、そしてひとつひとつの景色は際限なく配り直されるトランプのカードのようにほとんど変化しないが、私たちの見る同じような景色は必ずしも同じような変形を蒙るわけではないのか、人は知りたいと思いすらしない。また、しかじかの作家が革新的なものの見方を可能にし、ゲームの規則を変更するのに成功したようにすら見える——批評が定期的に贈る賛辞だ——としても、私は全く気に留めない。なぜなら、私たちが毎晩夢見ているのは、ゲーム自体の変更なのだから。

過ぎ去りし夜の夢の外に出ないための準備が、いつの日か全て整った暁には、私たちの運命はそうした新機軸のゲームに漠然と左右されるようにすら思われる。すると、私たちは覚醒するなり、前日を好きに加工するために前日の時間を人質に取りつつある夢の色彩に従うことになるが、その際に感じる自己満足は否定しがたい。また、これからやってくる一日が——そして私たちも共に——全く別のゲームに属しているということが明白な事実となるまで私たちを導くために、その色彩が投げ縄でその来るべき一日を捉えるのを感じる際の奇妙な快楽もまた否定しがたい。

最後に、私たちに同じ効果を及ぼす何冊かの本があるということもやはり否定しがたい。それは、いかに情念のスキャンダラスな非現実性が、現実と認められているものの中で最も強力なもの——すなわち時間——よりも強力なものになり得るのかを、私たちに語る本だ。そして、それらの本は、慣習的な時間には何も認めず、小説の歴史の中で異彩を放っている。世間に受け入れられている小説発展史全体の中では、そうした本の事例は通常、ぼんやりとごまかしたり、あるいは単に無視したりすることで片付けられている。

そのいくつかの名前を引いておけば、ヴィクトル・セガレンの『羈旅』とピエール・ルイスの『母娘特訓』、ジョルジュ・ダリアンの『泥棒』とアーダルベルト・シュティフターの『男やもめ』、バンジャマン・コンスタンの『アドルフ』とロバート・マチューリンの『放浪者メルモス』、アルフレッド・ジャリの『超男性』とサドの『ジュリエット物語』、こうした本がそれらにふさわしい地位を占めることになる小説史はいつできるのだろうか？　私が言いたいのは、それぞれが独自の方法を持ち、それまでは未知のものだった情熱を表す本として認められているということだ。『アドルフ』は獲得された速度の情熱、『泥棒』は個人的再開の情熱、『羈旅』は接近の情熱……。おそらくこれらの本は、他の小説とは逆に、慣習的な時間を非難して、情熱渦巻く持続の中に引き込まれ捉えられては消えていくあらゆる種類の持続からなるある物質をその時間と交換する、という点でポエジーと共通する小説で、場合によっては電撃的結晶作用がその詩的イメージとなる。それはきっと、空気が突然ガラスよりも丈夫になる速度の現象に類似した現象だ。それは私たちを奈落の上に固定する透明である。そして、だからそれは常に「太陽と連立って行っちまった海[★46]」なのだ。

だからこその詩的イメージの魅惑力であって、それはこの別種の速度で時間から奪った形を瞬間の中に具象化し、また同時に、人間には限られている時間への、人間には常にまずい具合に限られている時間への人間の太古の反抗が、今この場所で取り得る形を、私たちに明かすのである。従って、今日のように人がポエジーからイメージを追放する決心をしているのであれば、何を主張しようとも、ポエジーは存在しない。厳密な意味でのイメージだけの話ではない。というのも、私が話をした本とちょうど同じような、全きポエジーというものがいくつか存在するからであって、じっくりとイメージをなすそれらのポエジーは、その色彩が、夢のそれにも似た方法で、長い間私たちを捉えて離さないほどである。私は生涯トリスタン・コルビエールの「ロンデル」に動揺させられるだろうと思っている。この詩篇には真珠の粒なすイメージがあるわけではないのに、次の単純な予告文は愛の謎の沖へと私を漂流させることに毎回成功するのだ。

連中は来ないだろう、君の友である熊たちは、
連中の敷石を君のお嬢さんたちに投げつけには……★47

なぜなら私たちを私たちの夜へと連れ帰ってくれる一日の終りのようなこの詩篇は、なぜなら

私たちの地平線を描き直す静かな地滑りのようなこれらの物語は、イメージの沈殿物が輝かしい方法で出現させる賭け金の全てを、それらの危険に満ちた持続の中に押し流しているからだ。そしてまずは、実際にその道を選ぶまでは思いもよらなかった、最も極端な特殊性へと通じる道を通って集団ゲームから脱走するという自由の、そのスキャンダラスな自由の——万人の手の届くところにある自由だ、なぜならそれは愛の自由でもあるから——賭け金だ。偉大な本など存在しない。なぜなら、そのことを保証しない偉大な情熱や偉大なイメージはないからだ。そして、『ボヴァリー夫人』を書く気にさせた壁の黴の話をしながら、フロベールは感性的選択の例外的特殊性——景観の全法則をゆさぶることのできる唯一のものだ——以外のものについて語っていたわけでは決してないと私は思う。

何冊にもわたる批評的注釈の代わりに、ただ単にしかじかのシステムや悲劇、絵画や物語の発端にある具体的な任意の出来事を現像／解明(レヴェラシオン)——語の写真的な意味で——してくれるような素晴らしい美術史が、そして思想史すら、切望される。そして、それはまさに私たちにそうした具体的な特異性の出現——全ての中和的近似法の影を一挙に薄くする——を示すことであり、詩的イメージはその出現から自らの模範的な力を引き出すのであって、その力は今日、断片主義的イデオロギー——身体の不在、そして身体と切り離せない想像的なものの不在を私たちに納得させるのに忙しい——の調子を大いに狂わせている。

さもなければ、論理的思考に総体が想像できないからといって、自分ではないあらゆるものになりたいという人間の永遠の欲望を打ち砕くことに、なぜ躍起にならなければならないのかという理由を、どうして理解できるだろうか？　どんな真実の名のもとに、その欲望が私たちの幼年期の最も遠いところで根扱ぎにされることが目指されなければならないのだろうか？　論理が自分自身の無力さを証明した後で、一体いつから欲望が論理を自分のものとしなければいけなくなったのか？　無視することは欲望の本質のひとつである。そしてこの場合は、あの鏡の物語を無視することである。その鏡を取り合って様々な人々が大いに争ったので、その鏡にはもはや、地平線も土地の起伏もない曖昧な景色しか判別できない。

というのも、その鏡が余りに多くの「ペンを持つ手」[★48]によって扱われてしまったためで、あちらでは私たちにそれを現実のかけらだと思わせたがっているし、こちらでは断片の特性だけを考慮に入れるために私たちにそれの鏡としての特性を忘れさせることに専心しており、才能はその断片の断片をますます多くの破片に粉砕することで測られ、私たちの知る文学的臆病さへと達するのである。そして、鏡全体と全く同様に鏡の断片もその反映する機能を保持していないらしいのだが、どうして大部分の人々がそのような嘘を認める気になれるのか、私はずっと疑問に思っている。その断片的なもののレトリックで耳がふさがってしまった人々が、はたして総体というものがかつてあったのか、断片的なものが常に送り返されるその不在の総体がなにを意味し得るのかということさえ、もはや疑問にすら思わなくなっている原因は、弱さだろうか、疲労だろうか、あるいは恐れだろうか？ というのも、隠れた神の特徴を全て兼ね備えた人物像を密かに再建することは、こうした思考の風潮においてはこれっぽっちの矛盾でもないからだ。そして、欠如と不在をめぐる連祷が余りにしつこく繰り返されるので、天国の——私たちはその権利を失っているらしい——透かし模様を想起せずにはいられない。

従って、かけらにはかけらを、というわけだ。そして、これほどまでに多くの惨めさが巧みに隠れて戻ってきているのを前にして、どうしてアナロジー的思考の鏡へと向かわずにいられようか、こちらは分離することではなく、それどころか部分と全体を区別し結び直すという連続的運動に基づいているというのに？ 思考が欲望の度を越した性質とひとたび対決すれば、理論的推論の足りないところをずっと以前から補ってきたアナロジー的思考に、どうして頼らずにいられようか？

そして、その欲望の並はずれたスケールは、存在するものの総体に対峙せざるを得ず、そこに、ポエジーを具体的な任意の出来事に結び付け、ポエジーに対して容赦のない正確さを要求する——結局はその正確さが詩人とそうではない者とを区別するのである——精神の絶望の起源がある。そして、私が正確さについて話す場合に、「男と女が愛と呼んでいるのは、この落下する石の受動性にすぎないのである」[★49]と言うジャリ以上に正確に話す者がいるだろうか？　「またしても『新年』に向かって押し寄せる新しい娘たちの大群だ、ナイロンの下着のなかには初々しい性器（セクス）のアーモンドが」[★50]と言うサン＝ジョン・ペルス以上に厳密に欲望を語る者がいるだろうか？　ここには具体的なものを捉える残酷さがあり、その残酷さは、思考の死活に関わる必然性——ひとつの形の中に具現化され、そこに自らの生成を発見するという——と、切り離すことができない。人は、絶望のエネルギーについて話をする。しかし、ポエジーに関して、それ以上うまい言い方はない。この絶望のエネルギーはポエジーの原動力であり、具体的な特異性の思考——そのエネルギーの唯一の出口として重要である——によるこうした劇的な捕捉を伝達しない偉大なイメージはない。まるで、発明が、掘り出し物が、つまりは自由が、獲物と影の合流する道と、そこでひとつになるかのようだ。

　従って、私たちの特異性を出発点として世界を、見つめるのでもなく、宿すのでもなく、見る可能性としての詩的イメージが攻撃される、あるいは単に疑われるや否や、脅かされるのは意味ではなく、意味を生み出すことのできる感性的源泉なのだ。過激な切断は、人々や事物と関係を持つ唯一の方法として闇雲にそれらにぶつかるように仕向けるが、これはそれらをアナロジー的展望——それらのことも私たちのことも私たちに教えてくれる——の中で検討することができないからである。そして、破裂し、不確かで、非物質的ですらある表象の無数の試みの起源にある盲目性の種類が、もののついでに見破られるだろう、そう、その試みの数々は無残にもこの時代の終わりに句読点を打つことになるだろう。

　このことは必ずしもイメージの欠如をもたらさない。その逆である。どのような具合でイメージが大量発生するのかを私たちは知っている。感性的な根から切りはなされた瞬間からイメージはものの類似物となって、蓄積されれば障害物となり、通行を妨げるようになる。そして私の見立てでは、アラゴンは、一九二六年からすでに『パリの農夫』の中で、無意識のうちにこうしたイメージの偽造品の理論家となっていたのであり、「一つ一つのイマージュは、それが作用するたびに、あなたがたに全宇宙を修正するよう強いる」[*16]とまずは正当に指摘しているものの、「この世には全宇宙を絶滅させるイマージュというものがあり、各人はそれぞれそれを発見すべきです」[*17]という誤った結論を出していた。

　いつも通りのことだが、自らのエスカレート趣味に走るアラゴンには、その絶滅は、例え比喩でも、単純にポエジーの終了を意味するのだということが分からない、あるいは分かりたくないのである。それは、破壊が望まれているからというよりも、ポエジーの終了が、固定化に、不動状態に、そして様々な展望の不在——その絶滅の招く事態だ——に含まれるからである。「一生のうちに少なくとも一度、外的世界を否定したい気持にならなかった人がひとりでもいるかどうか、疑わしいと思うのだ」[★51]と書くブルトンにはただ同意することしかできないとしても、それでは、その支払われるべき値段がまさに世界の破壊である詩的イメージとはどういうものだろうか？こうして人間的絶望を考慮することと、反対に、たとえ象徴的次元での話であっても、自分の考え、あるいは単に気まぐれなものの見方を押し付けるために、人は世界を絶滅させることをいささかも断念しないだろうと思わせる、信じがたい偏見との違いを説明する必要すらあるだろうか？ 残念なことに、これは見た目以上に文学からかけ離れた、はるかに深刻な問題であり、どう考えても、アラゴンの政治的立場をもまた、そして同様にその大げさな身振りがさほど目立たなかった今世紀［二〇世紀］の他の多くの詩人たちの倫理を、似たような偏見が支配することになるだろう状況である。そもそも、今日詩文家の群集を支配しているのもやはりこの同じ偏見で、言語パレードに忙しい彼らは、それを行うためにその偏見がなにを破壊するのか——象徴的にであってもそうでなくても——を決して心配することがない。

詩的放縦を引き合いに出して詩的免責に関する古い議論を蒸し返すことを忘れないごく最近の馬鹿者たち何人かを、ここで私は待ち受けよう。しかし、たとえば自分たちの修辞的やっつけ仕事をよりよく影で包むために、その免責を盾に取るのが、いつも文学屋の中でも最悪の連中だというのはおかしな話ではないか？ 詩的な言葉が特定の意味を取り得る可能性を明言することで、私がどれほど文学的ポストモダン——ダダイスム、シュルレアリスム、テクスト論等々、その目印がなんであれ――から乖離することになるか、痛いほど分かっている。ポエジーに関する前時代的な考え方では、当然、ポエジーには一つの意味があると信じられており、そして現代的な考え方では、ポエジーには意味などないと確信されているのだから。しかし、ポエジーに意味を持たせるという、政治参加のポエジーがその最も不吉な花形装飾であり続けるはずの愚行と、詩的無償性――それを用いた涸れることのない数々の作品だけが文化的消費という新たな流行の欲求をカバーできる――という愚行との間の、あの振り子の運動に注意を向けることを、私はあえて拒む。しかし、絶滅の可能性が現実的次元のものとなっている今日、表面上は文学的なものに見えるこの議論の真の射程を測るべき時は来たのだ。

一九四八年から既に、爾来ほとんど解きほぐせなくなってしまった状況の進展をおそらくは予感して、アンドレ・ブルトンは「上昇記号」の中で詩的意味／方向の本質を見極めることに専念したのだが、この文章はこれまでろくな読み方をされてこなかった。ブルトンはわざわざ禅の説話で自らの考察を終えているのだが、その説話を理解しなければ、道徳的な文章にも思えるかも知れない。ある門人が「赤とんぼ羽根を取ったら唐辛子」と言う。師匠は「唐辛子羽根を付ければ赤とんぼ」と言う。こうして、弟子はただ単にとんぼをちぎってそれを非常に近似的な方法で唐辛子に似せようとするのだが、師匠の方は、何も壊すことなく、非常に現実的な赤唐辛子をひとつ眺めるだけで、ただし存在しない翼をそれに付け足すことで、これまでに決して見たことのないとんぼを一匹作り出すのである。そして、これこそが詩人と文学屋との違いの全てである。一方は、わずかなものを付け足して世界を変貌させる――非常にわずかだが、世界を変えるものを。もう一方は、自分たちの無力さを力のあかしとして押し付けるために、現実を不正に変形することを決してためらわない。

弱体化の――切断の、とは言わないでおこう――その活動の例を余りに頻繁に目にして、絶望的な気分になったある日、人は、私なら恐れずに殺し屋のポエジーと呼ぶもののアンソロジーに取りかかるという意地悪な計画を立ててしまいそうになるだろう。最初にやってくるのは、抒情的不手際の別格の専門家である、政治参加の詩人たちだ。美と愛を歌う多数の抒情詩人や、何人かの言語の彫琢家すらそこに現れるのを見て、おそらく読者はひどく驚くことだろうが、この人たちは全員、自分たちの牧歌調の作品の嘘、あるいは単純に空白だらけの――というのも今日ではそれが作法だから――作品の嘘をでっちあげるという唯一の目的のために、たとえば恐怖の美は決して検討しないようにしっかりと気を付けつつ、人々や事物との循環を停滞させ、それらを象徴的に殺すのである。これが犯罪的でなければお笑い草だろう。というのも、絶滅の観念が、収容所と原子力的状況と共に事実へと移行し避けがたく現実へと送り返されるようになってから、唯一可能なポエジーは、私たちに四方八方から押し付けられるこうした破壊のモデルを、その形に至るまで否定することなのだから。そして、展望の不在のせいでまだ世界の終りに憧れている人が何人かはいるとしても、その世界の終りは、私たちの未来の前で作り笑いをしている世界の終りとは、あらゆる点で確実に正反対のものだろう。別の言い方をすれば、否定は方向を変えずに目標を変えたのであって、欲望の広大さを切り分け、断片化し、最後には様々な印象へと粉々にするものに──欲望がこのような不均質な状態に還元されるに至ったことはそれまでになかった──否定は明らかに激しく反対している。さらにまた別の言い方をすれば、無関心の秩序の致命的な配置を、たとえ一瞬でも覆すための唯一の手段として今後重要になる感性的反抗の規模の大きさに、私たちの存在はかかっている。愛することはまだその意味を失っておらず、愛することの意味は他の全ての意味を与えるのだ。

そして、有効であるか全く無効であるかのどちらかのその理由のために、今や私たちは絶望の反対側に来たのだから、黒いポエジーの現状を、私たちを沈ませるものを時折その稲妻で燃えあがらせて、自分自身の幽霊たちを迎えに行く思考の永遠の勇敢さと、名付け得ぬものにともかく名前を付けおおせる感性の唖然とさせる力強さとを発揮する黒いポエジーの念入りに隠されている現状を、いくら述べても、それで十分ということには決してならないだろう。そう、悪の問題に至るまで。黒いポエジーにおいて、気を動転させる悪の問題が快楽の装飾品のもとで追いつめられ、自然の悪行の中で私たちをぎょっとさせるものが、私たち自身の最も深い場所で捉えられるのである。その結果が、黙殺、拒絶、とうとう現在では中和的操作となるのだが、これらはサドからロートレアモンまでの黒い流れが出現せしめた、耐え難いものを隠す目隠しであり、その流れが描くものと同じ数だけ存在する。そこでは、あらゆる秩序を解体するものの秩序に復帰するように、私たちは奈落によって命じられ、道徳の闇のど真ん中に身を投げるのである。道徳の闇、何らかの超越性の標識板が立ち並ぶ中へ突っ込むことを拒みさえすれば、そこには今日この日まで光は存在しない。さもなければ、感性的生というかけがえのない試金石を手に持っているという条件で、各人が生じさせることのできる火花がある。

結局のところ、あらゆる概念がやってきて砕かれたり火が付いたりするのは、感性的生の上なのだ。なぜなら、それらの概念に実質の不透明さを可能であれば解明するように命じ実質の試験を行うのは、感性的生だからである。その試験が故意にその最も悲劇的な形において行われることを示すものとして、黒いポエジーは、詩的賭け金の隠喩と見なされ得るのだが、その隠喩においては、通常であれば死の中に、死と共に、死の周囲に逃れ去り、あらゆる種類の神秘という不快な風船を膨らませに来るものに、逆説的に実体を与えるために、死が見張られ、見せつけられ、さらしものにされて再検討されるのである。あらゆる種類の、と言うのには理由があって、それら全てが不吉な神の記憶からなる同一の鋳型から来ているからである。だからこそ、言語を絶するもの、筆舌に尽くしがたいもの、不可能なもの、つまり、近似的で、自己満足で、偽りの存在するもの全てによって、それらの風船はいともたやすく膨れ上がるのである。

「死よ、生が汝を見張っている」と、私の友人ジャン・ブノワは、彼の屍姦者（ネクロフィリア）の衣装の、壁を模したコートの背中に書いた。ベルトラン軍曹へのオマージュとして彼はその衣装を一九六五年一二月のある夜に着たのだった。おだやかな死というものが生活の知恵として私たちに提案されているが、行動としての、美学としての、哲学としての無関心が、そのおだやかな死の表現となっているような世界の真ん中を、これ以上正確に狙うことは難しい。「死よ、生が汝を見張っている」は、これ以上ないほど乾燥しきった石ころのすきまから生じる、もろくも常識はずれのある種の植物の持つ暴力的な正確さで、壁の上に現れるところを見てみたい文章のひとつだ。また、偉大なる官能的文章の数々を知らせる際には、この文章を使ってもらいたいものだ。というのも、常に手堅く死に賭けるそれら官能的な文章を通して、まさしく思考の悲劇が、初めての快楽の光――それは初めての不可思議の光と混じり合う――の中で演じ直されるのだから。

「それを愛するにせよ呪うにせよ、肉体の要求をその限界点まで感じたことのない人々は、そのこと自体によって、精神の要求するところの全幅をとらえることはできない[★52]」。

ここでのピエール・ルイスの声のように、動揺した声にしか伝達することのできない、動揺させる真実だ。だからこそ、知識人たちの仕事場から言語を解放する必要性、いや緊急性があるのだ。

彼らはその閉じた空気の中で言語を人質として手放さずに言語を衰弱させており、言語は視覚的イメージと張り合うこともできなくなっている有様だが、なによりも、言語は私たちを揺さぶるものの伝導体となることができなくなってしまった。「文字通りに、それもあらゆる意味において」知覚されるべき、いよいよ増大するこうした無力さを、どのような言語の不幸にも、もうこれ以上付け加えるのをやめるべき時だ。

自分にとってはアイデンティティの代わりになるが、その前に立ちそれが自分に似ていないことを誇らしく思う日もあるような、あの哀れなシルエットに委ねることを自分で同意した単語、身振り、あるいは形を、再び見出すことを望むのか望まないのか、今日ではそれを決めるのは各人の仕事だ。この人間と、子供であることをやめなかった者との間には、逃げ口上の、心中留保の、無言の卑劣さの二重の堀があり、汚らしい種々の役割によって守られた、飼いならされた時間の城壁があり、こうしたもの全てが、彼らがただ合図を交わし続けること——伝達することではなく——を妨げている。死を前にして、その人間がその子供に、とても怖がっているほんの小さな子供にようやく似始めるには、一生待たなければいけないと決まっているのだろうか？「完成など全くない、統一性など全くない場所[……]、現実界が象徴界を殺してしまう」場所で、恐怖が、「名付け得ぬものの罠に捉えられた動物」[*18]のあの恐怖が、お互いをつなぐ唯一の絆でなければいけないと決まっているのだろうか？

私たちはまだ私たちの不幸をくいとめることができる。そのあらゆる手段は感覚的次元に属し、私たちを脅かす不確定なものには形の曖昧さを対抗させ、内部と外部を、唯一のものと数あるものを、部分と全体を結び付けることができる。そして、結び付けられるたびにそれらは全く新しい提案となり、時間と偶然、欲望と恐怖、不在と存在の渦の中に捉えられた、私たち自身の正体に関する疑問の混沌を用意する。私たちの根拠となるこの混沌の前では、感性的形態が私たちの唯一の手段であり続ける。リズム、区切って発音すること（スカンシオン）、ゲーム空間の境界線、開幕と閉幕、これらは有限性への回帰を引き起こすが、その回帰ゆえに、これらはずっと以前から、私たちの内部にある狂気の危険を払いのける、そして、単一体へ回帰するかのように狂気が非＝狂気へと溶解するさまを表す、ひとつの方法なのではないだろうか？

　自由に出現することによって私たちを無限の狂気の方へと連れて行き、有限な形を自分に発明することを通じて私たちをそこから連れ戻す詩的イメージが、その最も強烈な例となる、奇妙な回帰だ。ありそうもない、流動的で、切り立った場所、そこでは反対物が「矛盾したものとは感じられなくなる」★53場所を、その都度とても厳密に奈落が確定するはずなのだが、その奈落の瀬戸際での即座の回復に似ている。そして、突如としてポエジーにこの世界での生死にかかわる重要性が与えられるが、ここでその重要性の程を見定めてもらいたい。儀式的システムを通じてそのような空間のお膳立てをすることに専念する部族共同体の数々とは反対に、私たちのこの世界では、一人ひとり全員に属するあの潜在的な場所の探究を、またそこで発揮される至上権、だがその中身をくりぬく虚無によって限定されている至上権の上で閉じたあの非客観的な場の探究を、集団で行うことを放棄したのだ。事態は、一対多数のゲーム、唯一のものと総体とのゲームが分離の宿命を表すのをやめてしまうまでに至っている。

もう闇夜に吠えることもないこの孤独の奥底から、「声の出ない」そして「聴取不能の」この孤独の奥底からこそ、今日全てをやり直すべきなのだ。というのも、問題となっているのはまさに、感性的次元における個人的再開なのだから。集団的再開にしてもそうだが、この個人的再開に対して、様々な精神警備隊の群れがとびかかる可能性があるとしても、人は驚かないだろう。闘いに際して彼らの特殊部隊がいち早く暴露されることは望ましいくらいだ。そのことで、全てがもう少しだけ明らかになるだろう。

この理由のために、そして、例えそれが人目を忍ぶ禁じられた愛のさなかであってですら、愛につきまとうものの素描を出現させる役割は、各人が別々に担っているという理由から、いくつかの見通しをちらつかせたり、もっと言えば、いくつかの準備を提案したりすれば、私は後悔することになるだろう。しかし、事態は切迫しているとは言え、私は根負けして急いだりはしないだろう。私には、これから起きることを見るだけの時間はある。もし何も起きなければ、私には時間は必要ないし、さらには時代の空気も劣らず必要ない。私はこう言っていたので、そのため私の話の進め方も幾分かゆっくりしたものになった。私が捉えたかったのは、あれこれの厄介ごとの本質であり、それを甘んじて受け入れることを拒むのは私一人ではないという揺るぎない確信が私にはある。たとえ、ある人々は慇懃無礼な態度を示し、別の人々はうんざりした顔を見せるとしても。

一九八八年六月、パリ

III〔原註〕

*1 Nadejda Mandelstam, *Contre tout espoir*, t. I, Paris, Gallimard, 1972, p.171.〔ナジェージダ・マンデリシュターム『流刑の詩人マンデリシュターム』木村浩、川崎隆司訳、新潮社、一九八〇、一七八頁。〕

*2 Ossip Mandelstam, *La rage littéraire*, Paris, Gallimard, 1972, p.100.

*3 Nadejda Mandelstam, *op. cit.*, t. II, p.10-11.

*4 *Ibid.*, t. II, p.181.

*5 Ossip Mandelstam, *op. cit.*, p.96.

*6 Ossip Mandelstam, *Entretien sur Dante*, L'Âge d'homme, Lausanne, 1977, p.36.

*7 Novalis, *Œuvres complètes*, t. II, Paris, Gallimard, 1975, p.267-268.

*8 Pierre Reverdy, *Cette émotion appelée poésie*, Paris, Flammarion, 1974, p.34-35.

*9 Miguel Abensour, *Les Maîtres rêveurs*, livre no 4, Paris, Payot, 1978, p.220.

*10 Charles Fourier, *L'Attraction passionnée*, J.-J. Pauvert, « Libertés no 56 », Paris, 1967, p.44.〔シャルル・フーリエ『四運動の理論』上巻、巖谷國士訳、現代思潮社、一九八四、一八―一九頁。〕

*11 Guy Debord, « In girum imus noct et consumimur igni », *Œuvres cinématographiques complètes*, Paris, Champ libre, 1978, p.219.〔ギー・ドゥボール「われわれは夜に彷徨い歩こう、そしてすべてが火で焼き尽くされんことを（ギルム・イムス・ノクテ・エト・コンスミムール・イグニ）」『映画に反対して』下巻、木下誠訳、現代思潮社、一九九九、七八頁。〕

*12 *Ibid.*, p. 223.〔同書、八一頁。〕

*13 *Ibid.*, p. 231.〔同書、八八頁。〕

*14 *Ibid.*, p. 232.〔同書、八九頁。〕

*15 Claude Olievenstein, *Le Non-Dit des émotions*, Paris, Odile Jacob, 1988, p.13.

*16 Louis Aragon, *Le Paysan de Paris*, Paris, Gallimard, 1926, p.81.〔ルイ・アラゴン『パリの農夫』佐藤朔訳、思潮社、一九八八、八一頁。〕

*17 *Ibid.*〔同頁。〕

*18 Claude Olievenstein, *Le Non-Dit des émotions*, Paris, Odile Jacob, 1988, p.203-204.

〔訳註〕

★1 アンドレ・ブルトンによるエッセーのタイトル。アヘン吸引事故を装って軽やかに「自殺」した（とブルトンは言う）年長の友人ジャック・ヴァシェの半生の回想（アンドレ・ブルトン「侮蔑的告白」〔『失われた足跡』〕巖谷國士訳、『アンドレ・ブルトン集成』第六巻、一九七四、九一―一二三頁参照）。

★2 「私がここで理解している意味での生というのは［……］受け容れがたい人間の条件をそれによってまさに受け容れたかのように見える、個人の生きざまそのものなのである」（アンドレ・ブルトン「はっきりと」、『失われた足跡』前掲書、一一九頁。）

★3 バンジャマン・コンスタン『アドルフ』大塚幸男訳、岩波書店、岩波文庫、一九六五、一二三頁。

★4 アンドレ・ブルトン「超現実主義第三宣言か否かのための序論」、『超現実主義宣言』、生田耕作訳、中央公論新社、中公文庫、一九九九、一九一頁。

★5 ブルトン「超現実主義第三宣言か否かのための序論」前掲書、一八一頁。

★6 ランボーがポール・ドメニー宛書簡（一八七一年五月一五日）で使用した表現。原文では「詩は先頭に立つものとなるでしょう」と強調されている（アルチュール・ランボー「文学書簡」、湯浅博雄訳、『ランボー全集』、青土社、二〇〇六、四三七頁）。

★7 ブルトンの『シュルレアリスム宣言』冒頭に出てくる「人間というこの決定的な夢想家」という表現が念頭にある（アンドレ・ブルトン『シュルレアリスム宣言・溶ける魚』巖谷國士訳、岩波書店、岩波文庫、一九九二、七頁参照）。

★8 イジドール・デュカスが『ポエジーI』およびダラス宛書簡（一八七〇年三月一二日）で使用している表現。「ラシーヌ以来、詩は一ミリメートルも進歩していない。むしろ後退した。誰のおかげで？　われらの時代の〈ぶよぶよの大頭〉どものおかげだ。女々しい腑抜け（ファムレット）どものおかげだ［……］」（ロートレアモン／イジドール・デュカス『ポエジーI』、『ロートレアモン全集』石井洋二郎訳、筑摩書房、二〇〇一、二四二頁。）

★9 フィリップ・スーポーの詩篇「日曜日」（詩集『羅針盤（ローズ・デ・ヴァン）』収録）からの引用。詩篇全体は次の通り。

「日曜日」
飛行機は電信線を何本も織り成し
そして泉は同じ歌を歌う
御者の集い（オ・ランデヴー・デ・コシエ）亭では、食前酒はオレンジ色をしている

だが機関車の運転士たちの眼は白い
貴婦人は森の中で微笑みをなくした

★10 シャルル・ボードレール「赤裸の心」、『ボードレール全集』第六巻、阿部良雄訳、筑摩書房、一九九三、七三頁。

★11 文字通りには「イメージという麻薬」。『パリの農夫』の以下の文章が念頭にあると思われる。「超現実主義と呼ばれる悪徳は、イマージュという麻酔剤を放埒に、情欲的に用いること［……］」（ルイ・アラゴン『パリの農夫』佐藤朔訳、思潮社、一九八八、八一頁。強調原文）『シュルレアリスム宣言』ですでに、シュルレアリスム的イメージは「麻薬のように精神にはたらきかける」と述べられていた（ブルトン『シュルレアリスム宣言・溶ける魚』前掲書、六四頁参照）。

★12 イメージは「多かれ少なかれたがいにへだたった二つの現実の接近から生まれる」というルヴェルディのイメージ論は「自動記述」の誕生にあたって重要な役割を果たした（ブルトン『シュルレアリスム宣言・溶ける魚』前掲書、三七頁、六五頁参照）。

★13 詩集『旧詩帖』収録の詩篇「夏」の冒頭の一節（ポール・ヴァレリー、「夏」〔『旧詩帖』〕、『ヴァレリー詩集』、鈴木信太郎訳、岩波書店、岩波文庫、一九六八、四九頁）。引用個所を含む四行連句全体の訳は次の通り。

「夏」よ、純粋な空氣の岩よ、そして汝、燃えさかる蜂の巣、
おお海よ。壺のやうに新鮮な肉體の　房々とした髪の上、
また　蒼空が羽風のように唸つてゐる口の中にまで、
幾千の蜜蜂が羣つてまき散らされてゐる　海。

★14 シャルル・ボードレール「露台（バルコン）」（『悪の華』）、『ボードレール全集』第一巻、阿部良雄、筑摩書房、一九八三、七二頁。

★15 「詩人たちはその時代、死刑執行人たちと一緒に君臨していたのだった」（ミラン・クンデラ『生は彼方に』西永良成訳、早川書房、一九九二、二七〇頁）

★16 アンドレ・ブルトン『狂気の愛』海老坂武訳、光文社、光文社古典新訳文庫、二〇〇八、二四頁。なお「ガラスの家」に関しては『ナジャ』に次の文章がある。「私はといえば、これからも私のガラスの家に住みつづけるだろう」（アンドレ・ブルトン『ナジャ』巖谷國士訳、岩波書店、岩波文庫、二〇〇三、二〇頁）

★17 ロートレアモン「第二歌」（『マルドロールの歌』）、『ロートレアモン全集』前掲書、九六頁。

★18 ランボーの原文では「大きなヒップ」。アルチュール・ランボー「水から立ち現れるヴィーナス」平井啓之訳、『ランボー全集』

★19 前掲書、五二頁。

★20 「シュルレアリスム第二宣言」内の「現に幅をきかせている堕落と白痴化のしみったれた社会体制」という表現を暗示している（アンドレ・ブルトン「超現実主義第二宣言」、『超現実主義宣言』前掲書、八二頁参照）。

★21 「犬たちは無限への癒しがたい渇きを感じているのよ。おまえのように、わたしのように、蒼ざめて長い顔をした他の人々みんなのように」（ロートレアモン「第一歌」、『マルドロールの歌』前掲書、一五頁参照。）

★22 ブルトンがペレによる言語解放の操作を評して用いた表現（アンドレ・ブルトン「バンジャマン・ペレ」飯島耕一訳、『黒いユーモア選集』、河出書房新社、河出文庫、二〇〇七、二四六頁参照）。

★23 ブルトンは、『マルドロールの歌』に関するエッセーの中で「今日では、人も知るように、詩はどこかへたどり着かなければならない」（既訳では「［……］詩は何らかの役割を引き受けねばならない」）と述べている（アンドレ・ブルトン「マルドロールの歌」、『失われた足跡』前掲書、七五頁）。

★24 François Roustang, ... *Elle ne le lâche plus*, Minuit, « Critique », 1980, p.208. フロイトは一九二〇年に『国際精神分析学雑誌』第六巻に「分析技法前史について」を発表し、その末尾で彼のベルネに対する愛着を説明している。フランソワ・ルスタンはその著書『……彼女はそれをもう放さない』でフロイトが参照したベルネの原典を仏訳しており、アニー・ル・ブランはルスタンの仏訳を参照している。「分析技法前史について」におけるフロイトの引用では「世俗性こそが彼らの弱さの源なのだ」という文章は省略されている。また、「分析技法前史について」の邦訳では「たいていの著作家に欠如しているものは精神でない、性格ではない」（ジークムント・フロイト「分析技法前史について」小此木啓吾訳、『フロイト著作集』第九巻、人文書院、一九八三、一三八頁）と否定が重ねられているが、仏訳版ではルスタンによるフロイトの引用内でも『ジークムント・フロイト全集』（第一五巻、PUF、一九九六年、二六八頁）内の該当箇所でも「才気ではなく気骨である」となっている。

★25 『フロイト著作集』前掲書、一三八頁。

★26 同。

★27 ロートレアモン「第四歌」、『マルドロールの歌』前掲書、一二六頁。

★28 ランボーがジョルジュ・イザンバール宛（一八七一年五月一三日付）、ポール・ドメニー宛（一八七一年五月一五日付）に書いた、いわゆる「見者の手紙」に出てくる表現（アルチュール・ランボー「文学書簡」前掲書、四三一頁、四三五頁参照）。

★29 ポール・ヴァレリー「風の精」（『魅惑』）、『ヴァレリー詩集』前掲書、二〇一頁。なお、原典は句点で終わっている。

★ ブルトン『シュルレアリスム宣言・溶ける魚』前掲書、四六頁参照。

★30 アンドレ・ブルトン「自動記述的託宣」(『黎明』)生田耕作訳、『アンドレ・ブルトン集成』第六巻、前掲書、三三三頁。

★31 ブルトンは一九三〇年にコレクターのルネ・ガフェ所有版の詩集『磁場』に、直筆で注釈コメントを書き込んだ。引用個所は『磁場』最終章「すべての終わり」に付けられたコメントの最後の一文。「見本版」という単語が強調されていることから、アニー・ル・ブランが参照しているのは雑誌『シャンジュ』第七号(一九七〇)に「『磁場』の余白に」の題で掲載された記事だと思われる。(Voir André Breton « *En marge des Champs Magnétiques* », *Change*, numéro 7, Seuil, 1970, p. 23.) アラン・ジュフロワがヴァランティーヌ・ユゴーのメモを元にブルトンの書き込みを再現したこの記事には不正確な点が多く、後にマルグリット・ボネがルネ・ガフェ所有版の『磁場』に残されたブルトンの直筆注釈を直接参照し、プレイヤード版のブルトン全集の注に掲載した。プレイヤード版では「見本版」は強調されていない。(Cf. André Breton, *Œuvres complètes*, t. I, Gallimard, « Pléiade », 1988, p.1172.)

★32 ダンテ『神曲』平川祐弘訳、河出書房新社、一九九二、二一三頁(「煉獄編」第二四歌、五二〜五四行)。

★33 ギヨーム・アポリネール「いつまでも」佐藤朔訳(『カリグラム』)『アポリネール全集』、紀伊国屋書店、一九五九、六六三頁。

★34 「各々の存在には、いくつもの他の人生が当然あるはずだとぼくには思えた。」(アルチュール・ランボー「錯乱Ⅱ 言葉の錬金術」(『地獄の一季節』)湯浅博雄訳、『ランボー全集』前掲書、二二八頁。)

★35 アルチュール・ランボー「地獄の夜」、『地獄の一季節』前掲書、二〇九―二一〇頁。原文では「亡霊」が強調されている。

★36 ヘルダーリン「パンと葡萄酒」(『エレギー』)手塚富雄訳、『筑摩世界文學大系八八 名詩集』、筑摩書房、一九九一、一九三頁参照。この詩句はハイデッガーの以下の文章でも引用され、検討されている。マルティン・ハイデッガー、「何のための詩人たちか」(『杣道』)、『ハイデッガー全集』第五巻、茅野良男、ハンス・ブロッカルト訳、創文社、一九八八、三〇〇頁参照。

★37 アンドレ・ブルトン、ポオル・エリュアル『ポエジィに関するノォト』、『思考の表裏』、堀口大學訳編、昭森社、一九五九、二九頁。

★38 シャルル・フーリエ『四運動の理論』上巻、巖谷國士訳、現代思潮社、一九八四、一八頁。

★39 同。

★40 マルキ・ド・サド『ジュリエット物語又は悪徳の栄え』佐藤晴夫訳、未知谷、一九九二、八七頁。

★41 アルフレッド・ジャリ『超男性』澁澤龍彦訳、白水社、一九七五、一六二頁。

★42 ブルトン、エリュアル『ポエジィに関するノォト』前掲書、一〇頁。

★43 アルチュール・ランボー「さすらう者たち」(『イリュミナシオン』)中地義和訳、『ランボー全集』前掲書、二六九頁。

★44 コンスタン『アドルフ』前掲書、三一頁。

★45 スタンダール『赤と黒』第一部第一三章のエピグラフ「小説、それは街路にそうて持ちあるく一つの鏡である」を暗示している（スタンダール『赤と黒』上巻、桑原武夫、生島遼一訳、岩波書店、岩波文庫、二〇〇七、一五四頁）。

★46 ランボーの詩篇「永遠」の一節（アルチュール・ランボー「永遠」平井啓之訳、『ランボー全集』前掲書、一六九―一七一頁参照）。

★47 トリスタン・コルビエールの詩集『黄色い恋』に収録されている詩篇「ロンデル」の一節。「熊の敷石」とは、ラ・フォンテーヌの「熊と園芸愛好家」（『寓話』第八巻第一〇話）に由来する表現で、友人である老人が昼寝をしている最中に、彼の鼻にとまった蝿を追い払おうと熊が敷石を老人の鼻に投げつけ、結果蝿もろとも老人を殺してしまったことから、致命的な結果を招く好意、余計なお世話を意味する。

★48 「どんな仕事だろうと、仕事などは願い下げだ。［……］ペンを持つ手は、犂を持つ手と同等だ」（アルチュール・ランボー「悪い血」、『地獄の一季節』前掲書、一九九頁参照）

★49 ジャリ『超男性』前掲書、一五五頁。

★50 サン＝ジョン・ペルス「風」、『風』有田忠郎訳、書肆山田、二〇〇六、五〇頁。

★51 アンドレ・ブルトン「ダダのために」、『失われた足跡』前掲書、七九頁。

★52 ピエール・ルイス『アフロディテ』沓掛良彦訳、平凡社、平凡社ライブラリー、一九九八、一六頁。

★53 「生と死、現実と想像、過去と未来、伝達可能なものと伝達不可能なもの、高いものと低いもの、すべてがそこから見るともはや矛盾したものとは感じられなくなる精神の一点が存在するように思えてならないのである」（ブルトン「超現実主義第二宣言」前掲書、八〇頁参照）

抒情的反乱への賭け〈解題に代えて〉

松本完治

著者のアニー・ル・ブランは、日本の一般読者には、さぞ耳慣れぬ名前であろう。アンドレ・ブルトン没後、シュルレアリスム・グループの主流派と言われたジャン・シュステル、ジョゼ・ピエール、あるいは、昨年末に八十七歳で数々の勲章と共に大往生を遂げたアラン・ジュフロワ、主流派に名を連ねていながら、ブルトン没後に徐々に商業主義的作風の作家に変貌し、八〇歳を越えた現在も活躍を続けるジャン＝クロード・シルベルマンの名前は耳にしても、アニー・ル・ブランの名を、日本でほとんど耳にすることはないからだ。なぜそうなのかは、この私の皮肉で推して知るべしであるが、その理由は後述するとして、まずは、アニー・ル・ブランとはどのような書き手なのか、その経歴は、拙訳書『塔のなかの井戸～夢のかけら』で解説したところであるが、一部重複を承知で書き連ねてみよう。

＊

アニー・ル・ブラン Annie Le Brun、フランスの詩人、思想家。彼女は、一九四二年、ブルターニュ地方の都市、レンヌに生まれ、十七歳の時に『ナジャ』、『狂気の愛』、『黒いユーモア選集』に大きな影響を受ける。一九六三年、二〇歳の時にアンドレ・ブルトンに出会い、パリに上京するよう奨められ、シュルレアリスム運動に参加。一九六四年、機関誌『ブレッシュ』第七号に詩を発表してデビュー、一九六六年七月、スリジー＝ラ＝サル（国際文化センター）で開催のシンポジウム「シュルレアリスムの十日間」において、ブルトンの指名により、テーマ《黒いユーモア》を担当、弱冠二三歳にして、その内容をブルトンから絶讃される。

ブルトン没後の一九六七年九月三〇日、エディション・シュルレアリストから、ラドヴァン・イヴシック著、トワイヤン挿絵『塔のなかの井戸～夢のかけら』の刊行と同日に、同じくトワイヤン挿絵、イヴシック題辞入り美装本で、処女詩集『即座に』*Sur le champ* を発表、以後、一九六九年二月のシュルレアリスム運動解体までグループに参加するが、イヴシック、トワイヤンらとともに、ジャン・シュステルら主流派とは距離を置き、ジェラール・ルグラン、ジョルジュ・ゴルドファン、ピエール・ポーシュモールを加えて、一九七二年から七八年まで、現在進行を意味する《エディション・マントナン》Éditions Maintenant を設立、『蒼ざめ狂気じみた都市の午後』（一九七二年）、『嵐のリス』（一九七四年）、『月の環』（一九七七年）など、多数の詩篇を発表、イデオロギーに支配されぬ、《生きた》シュルレアリスムの詩精神を継承し続けた。

一方で、一九七二年から、アンドレ・ブルトンの秘蔵っ子ともいうべき詩人、ラドヴァン・イヴシック（彼については本書と同時刊行された拙訳書『あの日々のすべてを想い起こせ――アンドレ・ブルトン最後の夏』を参照）と人生を共に歩み始め、本書の攻撃対象でもある文学屋や政治屋、アカデミズムなど、一切の組織や体制と一線を劃し、そこに起因する貧困と孤立に耐えながら、今日に至るまで、数々の尖鋭な評論を発表、ポエジーを封殺する現代社会の深刻な偽善を告発し続けるのである。

一九七七年、ブルトンのかつての合言葉をタイトルとした評論『すべてを捨てよ』において、フェミニズムへの仮借ない批判を加えた他（これは、産業社会における女性の画一化を憂慮していた最晩年のブルトンのテーマでもある）、ゴシック・ロマンに取材し、現代文明の合理主義的精神基盤を徹底批判した『転覆の城』（一九八二年）を皮切りに、犀利な卓見に満ちた評論書やエッセイを多数発表、特にサドに関しては、他のサド研究者（いわゆるアカデミズムのサド研究）の毒抜き作業を批判した『突然、ひと塊の断絶が、サド』（一九八六年）、『サド、隅から隅まで』（一九八九年）を発表、ジャン＝ジャック・ポーヴェール版サド全集の序文を執筆し、名実ともに、アカデミズムの研究勢力を抑え、フランス本国におけるサドの第一人者として知られるようになる。そしてその結実として、一昨年の二〇一四年、サド没後二〇〇年を期して行われたオルセー美術館での大規模な『サド、太陽を撃つ』展を主宰、企画、監修することになる。この展示は、人間の性の闇をサドが人類史上初めて白日のもとに凝視し、エロティスムを客観視した重要性を、ゴヤからマッソンに至る数々の過激で暴力的なエロティック絵画により例証したもので、彼女の優れた鑑識眼と深い思考が存分に発揮された画期的なものであった。

記憶に残るのは、一九九一年、ポンピドゥー・センターで開催された大規模なアンドレ・ブルトン展に対する批判の書、『何が生きているのか。シュルレアリスムの非現代性に関する今日的考察』及び『シュルレアリスムと詩的転覆』を発表し、ブルトンやシュルレアリスムを歴史的に回顧する姿勢を糾弾したことである。生前のブルトンが、一九六四年にシュルレアリスム絵画の回顧展を開催したパトリック・ワルドベルグに、「清算人に対して」と題して断固たる反論を加え、〈墓堀人夫〉の所業として糾弾したことを思うと、彼女の毅然たる姿勢は、ブルトンの遺志を代弁するかのように、シュルレアリスムの《生きた》精神を示すものであった。

しかしこのことは、フランスの多くのシュルレアリスム研究者（果たしてシュルレアリスムは研究で終わるものなのか?）や、アカデミズム、画商を敵に回すことになる。そして後年、こうした敵が、いかに心なき輩であったかが証明されることになる。というのは、ブルトン夫人のエリザが終生（三十四年間も）守り抜いたフォンテーヌ通りのアトリエの驚異的なオブジェの森――これこそが後世にブルトンが残した最後の作品と言えるものだ――が、夫人が没したわずか三年後の二〇〇三年に、娘オーヴの名のもとに、すべてが競売に付されたからだ。その裏には、オーヴを巻き込んだ狡猾な画商や研究者の暗躍があったのはまず間違いない。

この他、彼女には多数の著作がある。以下、主要著作を列挙すれば、本書の『換気口』(一九八八年)、アルフレッド・ジャリ「超男性」に関するエッセイ『一匹の小さな象の如く』(一九九〇年)、大災害とその復興が国家主義、全体主義に狡猾に利用され収斂される虚妄を告発した『堕落した眺望』(一九九一年)、ユーゴスラビア紛争に取材した『暗殺者たちとその鏡――ユーゴスラビアの虐殺に関する考察』(一九九三年)、『レーモン・ルーセル、言語深層下における二万もの場所』(一九九四年)、『エメ・セゼールへ』(一九九四年)、『文学の空虚さについて』(一九九四年)、ポエジーや想像力を封殺するネットワーク社会の牢獄化を指弾し、英訳版も出るほど反響を呼んだ『過剰なる現実』(二〇〇〇年)、エッセイ集『狂いたつこと』(二〇〇〇年)、『この世の別の場所とそうでない場所』(二〇一一年)、ユゴーの神秘主義を語った『ヴィクトル・ユゴー、黒の虹』(二〇一二年)、『奇怪な天使、黒いロマンティシズム――ゴヤからエルンストまで』(二〇一三年)、そして昨年、ザグレブ近代美術館で『ラドヴァン・イヴシック――屈せざる森』展を主宰し、展示作品の見事なカタログを執筆するなど、誠に多岐に渡っている。しかし、彼女のエクリチュールに共通するベクトルは、夢や想像力を扼殺する事象や体制の仮面(策略、工作、圧力、偽造、否認または虚偽)を剥ぎ取ることにより、人類が原初の地平を見つめ直すことに集約されていると言ってよい。その地平では、ポエジーが燃え立つ抒情的反乱により――かつてのシュルレアリスム運動がそうであったように――閉塞せる現世界に風穴を開ける精神の反抗が期待されているのである。

その意味で本書『換気口』Appel d'Air は、彼女の数ある著作のなかで、最もその核心に迫った代表作と言ってよく、アニー・ル・ブランという稀有な思想家を知る上で、格好の入門書になるものと言えよう。一九八八年にエディション・プロン（Plon）から刊行された本作は、二〇一二年一月にエディション・ヴェルディエ（Verdier）刊のペーパーバックで再刊され、本書はその再版を訳したものであるが、そこに記されたアニー・ル・ブランの再版の序「雲は正確である」を読むと、彼女が早くも一九八〇年代から、この社会に身体的な息苦しさを感じていたことがわかる。大気同様にすっかり汚染されてしまった知的・感覚的地平の空気を少しでも入れ換えて、空気を吸えるようにしたいという、やむにやまれぬ思い――タイトルがそれを物語っている――から本書を執筆したわけだが、二〇数年が経過して、ものごとの秩序に真に逆らうようなものは何も到来しないまま、時代が予想を上回る勢いで、汚染と隠蔽の度を深くして、空気が吸えたものではなくなっていると指摘するあたり、おそらくおおかたの読者は、心のどこかでその指摘に同感の意を込めて頷いているのではあるまいか。（しかしそのことを彼女以外に、誰も真っ向から言わなくなってしまったのだ）。

本書が書かれた一九八八年は、日本で言えば、いわゆるバブル期で、筆者もそうであるが、知的・

感覚的地平の汚染の度が加速化されていることを実感した時代であった。(たとえば、ブルトンの死の直後から隆盛し始めたフランス現代思想なるものが、一九八〇年代日本で、ポスト構造主義なる名称のもと、一世を風靡し、周囲の連中が、ドゥルーズやデリダ、あるいは記号論などを口にしては最先端思想を気取り、ブルトンの名を口にする私は旧弊呼ばわりされたことを思い出す。人間の《生》や、生き方を問題にしない思想、感性を切り捨てた形而上的思弁に終始する思想は文化的偽善であると、生田耕作氏が痛罵していたことが思い出されるにつけ、同時代にアニー・ル・ブランが本作を書き、同様のベクトルを持っていたことは誠に感慨深いものがある)。そして、時代はさらに下り、インターネット元年と呼ばれた一九九五年を経、その五年後に、彼女は早くもネットワーク社会の牢獄化による距離の喪失と想像力の枯渇に警鐘を鳴らしている。

それから更に十年余り、この再版の序は、深い怒りと相俟って、ポエジーの重要性を際立たせて、過不足がない。曰く、抒情的反乱に賭け、思いもよらぬ現実の一部が輝くところを見ることができれば——それは理論的構築物にとって必ず密かな脅威となり、眼差しを遠くへ届かせるために今日冒すべき危険なのだと。圧巻はユゴーの引用だ。雲と同様、夢も正確であると。これはまさに、シュルレアリスムが企てた詩的転覆の簡潔極まりない箴言でなくて何であろう。

*

一九五一年、アンドレ・ブルトンは、アルベール・カミュ著『ロートレアモンと平俗』に憤激し、カミュの詭弁と出口なきペシミズムを批判、こう反論を加えている。「反抗が一度その情熱的内容を骨抜きにされてしまったら、いったいあとに何が残るというのだろうか」。誠に、戦後のブルトンほどに、戦闘的な言辞を弄して恐れられた思想家は他に類を見ない。世は実存主義から構造主義、ヌーヴォー・ロマン全盛の時代、シュルレアリスムなど過去のものとされ、中央ジャーナリズムから遠くあったにもかかわらずである。ブルトンの発言、著作は、すべて、詩、自由、愛を阻害するものへの徹底的な糾弾と、その敵の向こう側に見える人類の希望への言辞であった。彼の人生が闘いの連続であり、彼をしてそこまで駆り立てさせたもの、それは精神的盟友バタイユと同様、《人間の運命への愛》であったと言ってよい。そして先述したカミュへの反論、情熱的内容を骨抜きにする行為こそは、彼の言うシュルレアリスム精神（esprit du surréalisme）に最も遠いものであった。最晩年のブルトンが、シュルレアリスムの今後は、精神の高揚の度合いにかかっていると訴えたが（『等角投像』一九六四年）、これはアニー・ル・ブランの言う、ポエジーの抒情的反乱を招き寄せる精神的姿勢と同義であると言ってよい。

アニー・ル・ブランの半世紀にわたる活動を俯瞰するとき、自ずと相似形を描くように浮かび上がるのが、こうしたアンドレ・ブルトンの姿勢と言動である。ブルトンのみならず、《詩的活動》と《革命的行動》との結合を追求して、一切の妥協を許さず、終生、荒廃せる現世界との闘いの道を歩んできたバンジャマン・ペレ、トワイヤン、そして伴侶であるラドヴァン・イヴシックもまた然りである。その後塵を拝したアニー・ル・ブランは、よりブルトンに近づきつつ（別に彼女はブルトンに近づこうとしているわけではないが）、その攻撃的で多彩な言動と著作で、人類にとって不吉極まりない二十一世紀という時代に、立ち向かい続けている。かつて、第二次世界大戦の原爆投下により、人類が自らを滅ぼす技術を手にした際の、ブルトンの非常な危機感と同様、チェルノブイリ、フクシマの災害や資本主義世界の未曾有の荒廃を前に、アニー・ル・ブランは、その透徹した視線と思考で、人間の内と外との両面から、すぐそこに見える人類の破滅を回避しようと、社会を覆う深刻な欺瞞を告発し続けるのである。

かつてアンドレ・ブルトンは言った。「様々なかたちをまとった詩にたいする無関心、気晴らしのための芸術、専門的学術研究、純粋思弁を向こうにまわしてわれわれは戦うものであり、大小を問わず精神の節約家どもとはなにひとつ共通点を持ちたくないのである」（『シュルレアリスム第二宣言』生田耕作訳より）と。アニー・ル・ブランの本作は、このブルトンの言葉の忠実な具現化であるばかりか、彼女の著述活動全般がこの言葉の体現でもあるだろう。

そしてふと私は立ち止まって訝る（いぶか）のである。この現代において、アニー・ル・ブランの言動が果たして殊更に戦闘的、攻撃的だと言えるのだろうかと。世の中のしくみや思考が、あらゆる場面で現世的な功利追求観念に覆われ尽くし、それに異を唱えること自体が封殺されるようになった時代に生きて、誰もが根本的な地平で真っ向から《否(ノン)》を表明しなくなった社会の空気をどう考えればよいのだろう。世の文化人、作家、大学教員、芸術家……誰もが不自然にも口を閉ざし、正面切って向き合おうとしない。向き合って真摯に構えれば窒息しそうになるからであり、たとえ《否(ノン)》という本音を表明したところで、体制や組織から除外され、たちまち路頭に迷うのがオチだという諦念が蔓延しているように思われる。そうして彼らは、先述のブルトンの発言どおり、気晴らしのための芸術、ポエジーなき文学製造、純粋思弁、専門的学術研究という誠に無難な範疇に行動を留め、文化の向上という格好の隠れ蓑で、精神を節約するのである。そう思うと、アニー・ル・ブランの言動は、ごく自然な反応といわねばならない。なぜなら、感性や精神が少しでも潔癖であれば、こうした社会の空気に息が詰まり、黙ってはいられないはずだからだ。彼女は、半世紀にわたって、アカデミズムなど、いかなる体制や組織に属さぬ故の孤立と貧困を代償に、現社会の窒息状態に《否(ノン)》を唱え得る精神の自由を保持し続けてきたのだ。

ブルトン没後五〇年、世は実利実益、実学という卑小な有用性の枠内に人間を押し込め、その圧倒的な奔流は、大学を例にとっても文学部は消滅の一途をたどり、すべての思想、精神が物質的富を目指す産業社会に収斂されていく。個々人の大切なはずの人生さえもが、あたかも兵隊の如く国家や体制の手足となる。そしてアニー・ル・ブランも指摘するように、たちの悪いことに、そうした手足になることを見越して体制下に収まろうとする数々のポストモダン、ポスト前衛と言われる思想がいかに泡沫のように流行しては消えていったことか。連中は感性的領域を考察対象からあえて切り捨てて思考対象を限定するのである。なぜならアニー・ル・ブランに言わせれば、連中は《人生は別のところにあるなどとは考えようとはしない》からであり、そこに至るポエジーなるものを忌避するのである。ポエジーは、産業技術文明や功利社会を形成する思想的基盤を根底から揺るがす《風》であり、《闇夜の稲妻》であるからだ。彼女は言う、「私の言う《風》とは、もちろんポエジーのことである。補助金を受けたり叙勲されたりする詩人たちのことも、偉大なる文学製造者たちのことも、歯牙にもかけないポエジー。人生を激変させてしまう——恋人たちはそのことを知っている——ポエジー。シュルレアリスムが自らの唯一の基準とすることを望んだポエジー」と。恋人たちはそのことを知っているとは、なんと本質を穿った言辞であろう。

＊

本書は、アニー・ル・ブラン一流の切れ味鋭い寸言、警句に満ちている。その深い卓見の数々は綺羅星のごとくちりばめられ、世の片隅で窒息しそうになっている心ある人士に、一服の清涼剤、つまり換気口の役目を果たすのである。曰く「まるで女性の隷属状態に対する闘争はきっと最後には労働と出産の称揚になるに違いないかのようだ」(この現象は日本の現政権が証明している)。

曰く「まるで重要なのはある文学的形式の可能性あるいは不可能性であって、どう生きるかを自問することではないかのようだ」。曰く「ものごとの秩序に含まれているもの——シュルレアリスムを対象としたメディア上の矮小化であれ、大学で軽率にも行われているシュルレアリスムの体系的細分化であれ、いつまでもかかずらう必要はない」。曰く「文化という概念が雑巾状態にまで貶められて、貧困極まりない日常の美学の垂れ流し的催しの数々」。曰く「まるで民主主義の保護はきっと忍従へと行き着くに違いないかのようだ」。さらに曰く「ポエジーは閃光を放つ不安定さであり、受け入れがたいものを防ぐ城壁を作ることができることもあれば、またしばしばその流れをそらすこともできる。しかしながら、ポエジーがそうした闇夜の稲妻であることをやめてしまえば、それだけでポエジーは美的虚言の中に据えられた灯りになってしまう」。等々、これらがすでに一九八八年に書かれていることを思えば、アニー・ル・ブランが再版の序に書いているように、二十年以上が経過して、こうした発言の理由がより明瞭に浮かび上がっていることに、私などは彼女の先見の明に瞠目を禁じ得ないのである。

さらにアニー・ル・ブランは、冒頭部分で、かつてシュルレアリスム運動をつかさどっていた連中に、根本的な批判を加えることを忘れてはいない。かつての同士が、ブルトン没後に、シュルレアリスムという看板のもとで、いかなる変貌を遂げ、自らを裏切っていったのか。彼女はその性質(たち)の悪さに鉄槌を下すのである。「そもそも彼らの長所としては私たちの目の前で変化することくらいしかないのではなかろうか？（中略）彼らはシュルレアリスムという社名を持つ企業の経営者や営業員になろうと一生懸命になっている」と。

周知のように、「歴史的シュルレアリスム」と「永続的シュルレアリスム」という区分けを持ち出して、一九六九年に運動の終結を宣言したのは、主流派の筆頭格であったジャン・シュステルであったが、彼は、一九八〇年代に「アクチュアル」というシュルレアリスムの記録文書を管理する団体を組織し、あろうことか当時の大統領フランソワ・ミッテランにその資金調達を願い出る愚挙を犯している。こうした考えられぬ行為は、シュステルに限ったことではない。私が拙文の冒頭で皮肉ったように、主流派と言われた連中が、体制に従属し、かつての栄光（シュルレアリストだったこと！）を歴史的に語る例は枚挙にいとまがない。（主流派に対立していたヴァンサン・ブヌール［一九二八～九六年］は、運動の継続をあくまで訴え続け、湾岸戦争時にも反米アピールを展開した闘士であったが、いかんせん彼にはポエジーへの感性とそれに賭ける希望に乏しかった。そしてまたブヌールが主導していたパリ・グループや欧州各地で現在もシュルレアリスム・グループを名乗る集団が多数存在するが、いずれもグループ化する動機や存在理由に乏しいのが現状だ）。

こうして俯瞰すると、アンドレ・ブルトンの言うシュルレアリスム精神を今日、正統的に受け継いでいるのはアニー・ル・ブランただ一人と言わざるを得ない。ただし、彼女本人は、そのことを望んでいるわけでもなく、その潔癖さにより、むしろそうした分類を嫌うわけであるが、私としては、ブルトン亡きあと、トワイヤン、ラドヴァン・イヴシック、そしてアニー・ル・ブランという流れこそが、ブルトン嫡流の精神の継承者であると、ここであえて明記しておこうと思う。

なぜなら、私は何度も繰り返して言うが、シュルレアリスムとは「何世紀にもわたる精神の飼い馴らしと狂った諦めの後に、再び《すべての感覚を長く、広く、冷静に狂わせる》(ランボーのイザンバール宛書簡中の言葉)ことによって、この想像力を決定的に解放せんと努めるものである」(シュルレアリスム第二宣言)との言葉通り、根源的な精神と感覚の攪乱、霊感の泉が湧き立つ生の情動を招来する《ポエジーの力》と、個の自由を妨げるあらゆるものへの《反逆的行動》との結合によって、合理主義や功利観念に飼い馴らされたこの世界の枠組みを、根底から転覆させんとする精神ベクトルなのだから。

その本質を現代に対応して敷衍し、真っ向から告発するアニー・ル・ブランが、ブルトンの生きた時代とは異なり、すでに闘う意志を失ったジャーナリズムや知識人の世界から孤立するのは当然と言えば当然であろう。彼女の言葉を借りれば「有無を言わさず、何事においても深刻さが排除される時代なのだ。反抗は流行おくれであり、緊張緩和というばかげた概念は、一時期は政治的スローガンとして幅を利かせていたが、その後、知的品行の唯一の規範となった」のだから。その風潮は日本においては、なおさら顕著であり、シュルレアリスムが研究対象としてのみ機能し、アカデミズムに牛耳られている状況下では、それを攻撃する彼女の名が紹介されぬまま、一般読者に届かないのも頷けるのである。

そのことから、アンドレ・ブルトン没後五〇年を期して、命日にあたるこの九月に、アニー・ル・ブランを日本に招聘し、シュルレアリスムについて語る催しを、東京・恵比寿の画廊「LIBRAIRIE6」との共催で挙行できる運びとなったことは誠に意義深いものと考えている。「シュルレアリスム運動は決して歴史に埋没するものではなく、常に時代の諸課題を考慮に入れて方向づけられるものである」とかつて語ったブルトン同様に、彼女は二十一世紀という困難な時代に立ち向かいつつ、現在進行としての発言を展開するであろう。つまりは観衆に対する生き方のメッセージ、抒情的反乱に賭ける精神的姿勢を呼びかけるであろう。おそらく時代がこのまま進めば、人間が人間でありたいという欲求が、人類から完全に失われるであろうから。

*

この六月にパリでアニー・ル・ブランに面会した私は、ラディカルな著作とはうらはらに、彼女のもの柔らかな物腰と奥ゆかしさ、自由闊達な知性の輝きと、人間らしい魅力的で無邪気な微笑みに一種の感動を覚えたものである。個人を非難する発言もなく、終始、自由な雰囲気で会話が進んだが、私が出した固有名詞に、三回だけ彼女が険しく眉を顰める瞬間があった。それは、シュルレアリスム研究の泰斗であり、元ソルボンヌ大学附属ダダ・シュルレアリスム研究所長、同大学学長を経てパリ第三大学名誉教授であるアンリ・ベアールと、元シュルレアリストを標榜しながら、商業的芸術活動を続けるジャン＝クロード・シルベルマン（因みにアニー・ル・ブランは一度たりとも自らを元シュルレアリストと名乗ったためしはない）、そしてポンピドゥー・センターに今も常設展示されているブルトンのアトリエの一部について口にした時だった。特に後者は、アニー・ル・ブラン自身が、フォンテーヌ通りのブルトンのアトリエ空間とオブジェの森の、驚くべき凄みを実際に体験しているだけに、ポンピドゥーの展示や動画映像は《生きた空間》を形骸化させた贋物としか映らないのであろう。それをわざわざ美術鑑賞のようにモノだけを展示するポンピドゥーの文化的偽善に眉を顰めたに相違ない。前二者については、本書を読まれた方なら、その理由はすでにお分かりだろう。

そしてこのたびアニー・ル・ブランの著作がようやく本邦初紹介となるのだが、今日に至るまで一度も紹介されなかった背景には、先述したアカデミズムによる理由の他に、彼女の難解な文体によるところが大きかったと言わねばなるまい。もともとブルトンの言う「言葉たちが愛を営む」を地でいった詩を書いていた彼女は、散文においても、詩的ニュアンスに満ちた言い回しを多用する他、敵をして容易に斬り込ませせぬレトリックを周到に使用するため、誠に翻訳者泣かせの文章となっているのである。しかしそれが彼女の作品内容をより深いものにしているのも事実であり、翻訳者としては相当な力量が要求されることになる。今回、私のたっての依頼により、東京大学の若き碩学にして、アンドレ・ブルトンに長く私淑されてきた前之園望氏が、短期間という時間の制約にもかかわらず、この難業を見事に果たされたことに、心から敬意と感謝を捧げたい。氏の正確な読みと深い知識、難文を最大限に読める日本語に置き換えられた技倆に脱帽する次第である。

最後に読者のために、本書に記されたアニー・ル・ブランの《確信》をもう一度、ここに記して、私からのメッセージとしたい。

「時間の解決してくれない生存することの困難さを考慮に入れる唯一の大規模な計画であったし今でもそうあり続けるシュルレアリスムは、現行の世界に決して甘んじることのないだろう全ての人々にとって、変わらず重要である。そういう人々は、世間が私たちに信じ込ませようとするよりも大勢いると、私は今でも確信している。たとえ現在は大部分が社会的ゲームで利益を得ることに専心しているように見えても」。

二〇一六年八月

訳者略歴

前之園 望（まえのその のぞむ）

一九七六年、東京生まれ。東京大学大学院博士課程単位取得満期退学。リヨン第二大学博士課程修了。現在、東京大学フランス語フランス文学研究室助教。専門はアンドレ・ブルトン、シュルレアリスム。訳書にジャン＝リュック・クールクー著『スルタンの象と少女』（文遊社）。共著書に『〈前衛〉とは何か？〈後衛〉とは何か？』（平凡社）。

換気口 Appel d'Air

発行日 二〇一六年九月二八日
著者 アニー・ル・ブラン
訳者 前之園 望
発行者 月読 杜人
発行所 エディション・イレーヌ ÉDITIONS IRÈNE
京都市左京区北白川瀬ノ内町二一-二 〒六〇六-八二五三
電話 〇七五-七二四-八三六〇 e-mail : irene@k3.dion.ne.jp
URL : http://www.editions-irene.com
造本 Atelier 空中線 間 奈美子
印刷 トム出版
定価 二、五〇〇円＋税

ISBN978-4-9909157-1-1 C0098 ¥2500E

アンドレ・ブルトン没後50年記念出版
Publication du 50 ans commémoration après la mort ; 2016

I 太陽王アンドレ・ブルトン
アンリ・カルティエ＝ブレッソン、アンドレ・ブルトン著／松本完治 訳

石を拾い、太古の世界と交感するブルトン、その姿を写真と文で伝える表題写真集。
晩年の名篇『石のことば』を添えて、ブルトンの魔術的宇宙観の精髄をみる。

◆B5変形美装本、写真13点収録、78頁　定価 2,250円＋税

II あの日々のすべてを想い起こせ　アンドレ・ブルトン最後の夏
ラドヴァン・イヴシック著／松本完治 訳

中世の美しい村、サン＝シル＝ラポピー。晩年のブルトンに密接に関わった著者が明かす、
1966年晩夏、アンドレ・ブルトンの死に至る、衝撃の真実！

【2015年4月ガリマール社刊、初訳】◆A5変形美装本、164頁　定価 2,500円＋税

III 換気口 Appel d'Air
アニー・ル・ブラン著／前之園望 訳

現実世界に風穴を開けるポエジーの呪力の復権を論じた、シュルレアリスム詩論の名著、
アニー・ル・ブランの著作を本邦初紹介！　◆A5変形美装本、162頁　定価 2,500円＋税

IV 等角投像
アンドレ・ブルトン著／松本完治 編／鈴木和彦・松本完治 訳

最晩年のブルトンの貴重なエッセイ、インタビュー、愛読書リスト、彼が発掘した22名の
画家の作品をカラー図版で紹介、さらに克明・詳細な年譜を加えた画期的編集本。

【500部限定保存版】◆A4変形美装本、図版約160点収録、156頁　定価 4,260円＋税

関連既刊書

マルティニーク島 蛇使いの女
アンドレ・ブルトン著、アンドレ・マッソン挿絵・文、松本完治訳

待望の日本語完訳版がついに刊行！ マッソンのデッサン9点と、
詩と散文と対話が奏でる、シュルレアリスム不朽の傑作。

◆A5変形美装本、挿絵全9点うち7点別丁綴込、資料図版多数収録、140頁　定価 2,250円＋税

塔のなかの井戸〜夢のかけら
ラドヴァン・イヴシック&トワイヤン詩画集／松本完治 訳・編著

アンドレ・ブルトンが最晩年に讃えた魔術的な愛とエロスの〈詩画集〉。
アニー・ル・ブランなど、最後のシュルレアリスム運動を図版とともに紹介した〈資料集編〉。

◆2冊組本・B5変形判筒函入美装本、〈詩画集編〉手彩色銅版画12点収録・38頁、
〈資料集編〉デッサン12点・資料図版60点収録・76頁　定価 4,500円＋税

造本・アトリエ空中線　間奈美子

ÉDITIONS IRÈNE——エディション・イレーヌ
ご注文・お問い合せは e-mail ; irene@k3.dion.ne.jp / tel. 075-724-8360
http://www.editions-irene.com